U0635674

蒋述卓　主编

七色光海外华文散文丛书

【马来西亚】朵拉　著

SHALLOW AND
DEEP GATHERAND
LISTEN TO INCENSE

浅深聚散且听香

SHALLOW AND

DEEP GATHER

AND　LISTEN

TO　INCENSE

南方出版传媒

花城出版社

中国·广州

图书在版编目（CIP）数据

　　浅深聚散且听香 / （马来）朵拉著. -- 广州 ：花城
出版社，2017.11
　　（"七色光"海外华文散文丛书 / 蒋述卓主编）
　　ISBN 978-7-5360-8430-8

　　Ⅰ. ①浅… Ⅱ. ①朵… Ⅲ. ①散文集－马来西亚－现
代 Ⅳ. ①I338.65

　　中国版本图书馆CIP数据核字（2017）第214412号

出　版　人：詹秀敏
责任编辑：李珊珊　蔡　安　欧阳蘅
技术编辑：薛伟民　凌春梅
封面设计：张红霞

书　　名	浅深聚散且听香
	QIAN SHEN JU SAN QIE TING XIANG
出版发行	花城出版社
	（广州市环市东路水荫路11号）
经　　销	全国新华书店
印　　刷	佛山市浩文彩色印刷有限公司
	（广东省佛山市南海区狮山科技工业园A区）
开　　本	787毫米×1092毫米　16开
印　　张	13.5　2插页
字　　数	143,000字
版　　次	2017年11月第1版　2017年11月第1次印刷
定　　价	48.00元

如发现印装质量问题，请直接与印刷厂联系调换。
购书热线：020-37604658　37602954
花城出版社网站：http://www.fcph.com.cn

绘画追寻超越形似和颜色，但求神韵与意境。如果"不愁明月尽，自有暗香来"，如果"自从去年一握手，至今犹觉两袖香"，如果"山气花香无著处，今朝来向画中听"，那么，只要你以一颗闲淡自适的心看画，便可听香。

　　听香艺术人生，出尘超凡，浅深聚散之间自成高格。

　　缘深缘浅，聚散无常，人生朝露，自在听香。

总序　　心的宽广与光的斑斓

蒋述卓

多年来，在海内外侨界与华人社区中流传着这样的一句话，"凡有海水的地方就有华人"。尤其是进入20世纪80年代以来，随着改革开放的步伐，出现了更多的华人移民。如今，可以说，四海五洲凡有人居住之地，几乎都有华人的身影，而只要有华人居住与扎根的地方，就会有华文文学生长的契机与土壤。

从美国的"天使岛"诗歌到聂华苓、於梨华、张错再到严歌苓和加拿大的张翎、陈河、曾晓文，北美地区的华文文学走过的百年路程和取得的傲人成绩令人肃然起敬；欧洲则有从赵淑侠、池莲子、林湄、章平到虹影、杨雪萍、老木、谢凌洁等覆盖全欧洲领域的欧洲华文文学胜景；亚洲，在原来的东南亚华文文学兴盛的同时，如今的东北亚国家如日本、韩国等也崛起了华文文学的山峦；大洋洲、非洲乃至中南美洲，华文作家也正在集聚着创作爆发的力量。一代又一代海外华文作家，接力华文文学创作，共同创造了海外华文文苑的庞大气象和繁盛局面。尤其是进入21世纪以来，不少海外华文作家的作品不断在国内重要文学刊物如《中国作家》《十月》《收获》《花城》《人民文学》等上发表，并屡屡获得多种奖项，拥有海内外大批"粉丝"，产生着重要影响，构成了海外华文文学一道道亮丽的风景线。

海外华文作家居住海外，有着不同于中国的生活体验和感受，他们当中有的是前好几代就已移居他国的华裔，早已融入当地的生活，他们的作品犹如一面面镜子，直射、折射或者反射着异域的种种风物风情，他们的心也似一束束充满能量的光透视着这个丰富而复杂的世界。无论是书写当下还是回忆往事，无论是叙实还是虚构，都呈现出耀眼的斑斓。欧洲的杰出作家罗曼·罗兰说过，作家的创作需要有"心之光"的照射。批评家艾布拉姆斯则将欧洲文学理论的发展梳理为"镜与灯"两个喻象。文学是人学，它首先需要"心"之"光"的照射与透视，世界现实的复杂多变才能经过作家"心"之"光"的过滤与影射，呈现出斑驳陆离的七色之光——"赤橙黄绿青蓝紫"，令人心荡神移、迷醉沉浸。丛书冠名以"七色光"，正是此意。

此丛书首推八种，旨在呈现一批中生代、新生代的优秀海外华文作家的创作实绩，体现海外华文文学领域的新感觉、新面貌和新趋势。在这些作家中，有的是小说作者，他们的小说不少曾在国内外获得大奖，但他们的散文作品并没有得到相应的关注，尤其是在他们集子里收录了一些访谈与创作谈，从中可以看出他们的心路历程，这也是为华文文坛提供一种有益的研究资料。这些作家中还有比较陌生的面孔，有的还是跨界的作家，他们带给丛书一种清新的文风和别样的文学之气。

总之，丛书的宗旨是着眼于"新"与"透"。"新"在于新人新作，包括推出新生代的作家以及虽不为人熟知但却能展现华文文学创作新力量的中生代作家；"透"则在于表现出通脱剔透的散文风格，能透露出七色之光的散文新格局与新气象。

我们与五洲四海的华文作家一道行走在文学的漫漫长路上，我们共同在努力着！

二〇一七年六月六日

自我·自然·自由（代序）

——评朵拉的"三位一体"散文建构

袁勇麟

　　随着冷战的终结和经济、文化全球化所带来的人员、资本、信息和视像的跨国界、跨文化和跨语际的自由流动，在众声喧哗的全球文化兴起和当代人国族、阶级、种族和性别的多元身份差异建构的背景中，海外华文文学创作的"文学的母体渊源和历史的特殊际遇"主题已经逐渐被"族裔散居的流动性"所取代，我们看到的不再是絮叨滋念着文化记忆的沉湎，而是扎根于异域民族语境与异质文化景观中的绽放，这也正是马来西亚著名作家朵拉所体现出来的风采："朵拉女士好像秉承了祖辈的这份精神，在华人密集的东南亚地区，以一支笔行走天下，获得了相当出色的成就。她是马来西亚读者选票评出的十大最受欢迎作家之一，作品翻译成日文、马来文等文字，多篇被改编成广播剧在电台播出。微型小说收入中国、美国、新加坡、中国香港的大学教材、中学教材和当地国汉语学习教材。散文被马来西亚独立中学选为语文教辅教材。百篇作品收入中国内地、中国台湾、澳洲、菲律宾、泰国、中国香港、新加坡等地100多种集子，国内外获奖次数达30多次。应邀参加每一届世界华文微型小说研讨会，及世界各地华文文学研讨会，在海外作家圈里有较高的知名度。"①对中华传统文化的深入理解和对海外独特文化的敏锐把握，使安身立命在海外的朵拉，在国别、区域的差异美学实践中展现出了尊重多元选择、关注差异、重视个别的涵容大方的气质，深深打动了世界各地的读者。

"朵拉的文学创作时间跨度很长，所涉及的题材相当广泛，短篇小说、微型小说、散文随笔、人物传记等，哪一副笔墨，她用起来都轻车熟路，游刃有余。她是海外数十余家副刊的专栏作家。不同地方，不同报刊，所服务的读者群不同，所要求的阅读口味不同，朵拉就像一位训练有素的调酒师，用不同的语言液体，调制出美妙芬芳的鸡尾酒，让品尝者赞叹。这种写作虽倾向大众流行，也造就她异常敏锐的艺术感觉。她创作的千字散文，内容广泛，形式不拘，喜怒笑谑，皆成文章。她写的专栏，世风人情，恋爱家庭，人生修养，励志小品，虽粉面千秋，也能扣紧当代人的价值观和道德观。"②如果说小说是朵拉创造的迷幻花园，在交错曲径中映射世事人情，那么散文就是朵拉铺设的辽阔草场，或驰骋奔跳，或踱步徜徉，或纵声呐喊，或低语浅吟，在贴近真实的大地呼吸和仰望浩渺的天宇召唤之间看取人事代谢、思虑往来古今，从琐屑细微中发现深情大义，从喧嚣嘈杂里探究明理真谛，以纯真的自我、澄澈的自然和恣性的自由散文，在熙熙攘攘、嘈嘈杂杂的灯红酒绿的现代都市中营造了一片纯净深广的天地。

---

① 黄明安：《马华作家朵拉》，见朵拉：《小说吃》序，新加坡惠安公会2009年10月版。
② 同上。

自我、自然、自由的"三位一体"建构正是朵拉散文创作的重要特征，实际上，这也是优秀散文的重要标志。随着学科的发展，我们现在所说的散文含义更倾向于狭义的散文概念，即文艺性散文，它是一种以记叙或抒情为主，取材广泛、笔法灵活、篇幅短小、情文并茂的文学样式。从散文的这一定义可以很清楚地发现，散文确实是一种强调自我、抒发自然、追求自由的文体，即所谓"三位一体"。然而，从个人出发、形式散淡不拘、风格灵活多变的散文，要做到强调自我而又不沉溺于个体世界、抒发自然而不流于泛滥陈情、追求自由而不失之深邃洞见，实在不是一件容易的事情，甚至比虚构小说、意象诗歌更加艰难，毕竟有形的限制比无形的限制更易把握，难怪有研究者感慨："散文似茶，随笔如酒，是有它不多，无它却少的必需品。阅读好的散文，如在虎跑喝龙井，看斜雨轻洒绿竹，听清泉伴着松涛，能得天然韵味。反之，好比把茶叶闷放在衣箱里，串了樟脑味，沏出茶来，喝起来绝不是一种享受。品味好的随笔，如在鉴湖饮加饭，原汁原味，越喝越香，耐琢磨，堪把玩。恍若对座而语，读文如读人，到声气相通处，恨不浮一大白而后快。若是那些自恋文字，狗屁文章，杂之以讼棍笔墨，"文革"腔调，存无端咬人之心，有谋财害命之嫌，连烧菜的黄酒都不配，只剩下酸浑涩臭，只好往阴沟里倾倒了。"①从这个意义上看，朵拉的散文正是这样一杯韵味醇厚的香茗，在清淡悠衷的香气和温润甘美的滋味中，将自我、自然与自由的"三位一体"内涵阐释得尽致淋漓。

―――――――――

① 吕伟：《浅谈散文的人性美》，《黑龙江史志》2009年15期。

"文体净化之后的散文可定义为一种以'我'的生命体验为观照物件，书写'情感史'和'心灵史'，彰显'我在'，篇幅短小、以抒情见长的文学样式。"①作为一种区别于虚构小说、意象诗歌的重要文体，散文的最显著标志就是强烈的主观性，它是"作家主体基于自我生命体验对自我个体生命形态或与自我相关的群体生命形态的呈现、咏叹与追问"②，这一众所周知的共识在具体的散文创作中却并不容易处理，如何既舒畅表现个体的主观情感而又不限于偏狭拥窄，如何既以自我本体为观照起点而又超越生发出深刻见识，这个令多少人懵懂不清、费思劳神的难题到了朵拉手上竟被轻易化解了。朵拉的散文是极其"自我"的，她的散文往往取材于身边细微琐事，有日出月明的自然现象，有围巾香水的衣饰打扮，有逛街旅行的路途行旅，而最让人难忘的是她的《和春天有约》和《小说吃》两本散文集，前者以各种花事入文，从一日百合到四处木棉，从望春玉兰到自恋水仙，从真实樱花到梦中睡莲……朵拉不仅以清丽婉约之笔描画了许多美艳多姿的鲜花，甚至连路旁芒草、泥湾玉簪这些日常平凡的花草都被她细细采撷回来，精心打理成美轮美奂的璀璨艺苑；而后者则以各地各色饮食为文，什么韩国泡菜、英式奶酪，什么泰国咖喱、槟城猪肠粉，包括北京茄子、扬州汤包、山东煎饼、广东龙舌鱼、福建面线糊，直至家常腐乳、菜根、番薯粥等都被她囊括方寸之间，一本

---

　　① 张国龙、吴岩：《当代散文的突围策略：建构系统的"散文诗学"》，《天津社会科学》2009年第3期。

　　② 沈义贞：《中国当代散文艺术演变史》，浙江大学出版社2000年版，第16页。

不大不小的白纸黑字册子竟然被装点得仿佛世界美食巡展，怎不叫人惊叹？借着这些平凡琐事和日常细碎，朵拉充分彰显了"自我"："'自我'是一个主观/客观、物质/精神、意识/潜意识/无意识等的复合体，是一个以'我'为中心的同心圆系。'我'的感觉和体验辐射于圆周，散布于圆周上的一切刺激性信息皆投影于心壁，'我'是绝对的圆心，'我'心灵的颤音是'我'最本质的存在。"①正是这样以"我"为中心的饱满体验，使她的散文流露出可贵的真情，她会为路遇风中的木棉花而放声惊呼，她会为西半球郁郁葱葱的樱花而颤抖激越，她会与小女儿一边旅游一边狂吃薯片，她会心满意足地坚持数十年嗜吃荷包蛋，她还会为泥泞路上一根粗绳的帮助而充满无限感激、为他乡偶遇的一个卖花小男孩的赠花而感动、为错失与挚友的联系而深深懊恼……这样敏感细腻、内心丰富而又充满情趣的朵拉无疑是真实而真诚的，因此她才能那么坦然承认甚至调侃自己的"迷糊"："对数字我天生缺乏演算的能力，所以我嫁给一个数学系的丈夫，也有人说我是因为嫁给一个数学系毕业的丈夫，所以失去了演算数字的能力。这两个说法我都接受。反正我对数位就是没有概念，一到十我还可以算得一清二楚，在百以后我就伸出双手拿着白旗，飘飘，表示投降。"（《脱走的纽扣》）她也才能饶有兴致地欣赏自己的"懒惰"："我是不讲究这些的，客厅看起来虽然凌乱一些，散漫一些，但却给家增加温暖气息，让家更像一个家，有人住的那种。"（《屋子的奴隶》）然而如果仅仅一味沉溺于感性化、情绪化的主观

---

① 张国龙、吴岩：《当代散文的突围策略：建构系统的"散文诗学"》，《天津社会科学》2009年第3期。

"自我"，那么这样的散文无疑是简单的个体宣泄或极端的私人日记，这样的文字不论情感多么充沛饱满，不论感受多么真实真诚，都无法引起人们共鸣，更无法获得长久的生命力，因此，"散文的'自我'的真正意义在于，'由个人的命运介入整体社会——历史或民族——文化层次，把公众领域纳入私人领域，同时亦把作者的私人性格纳入公众（他人）的性格中'，同时，散文'我'的完成，需要依凭个体经验和母语经验，使之成为当代人的情感史和心灵史，以及特定时代揭示人性深度模式的新叙事"。[①] 难能可贵的是，朵拉散文的"自我"表现正是做到了这点，不论经历多么独特，不论感受多么私密，她总是能从自己的情感世界中走出来，不仅在个人化的体验中发现普遍意义，有时还进一步延展推及到其他问题上，从细微处、渺小处深入透视生命价值和人性深度，真正做到以个人经验和公众经验的交融互渗，观照当代人的情感史和心灵史。她从太阳饼上看到了爱情的真相："有时候我们为了爱情本身而爱上一个男人，完全不是因为那个男人。"（《太阳饼的爱情》）她从海参的原味中品尝到了人生的真谛："要把淡而无味处理得美味，不是很难，处理过后，美味之中，仍可吃到海参的原来味道，难度正藏在这里。做人也应该是这样。"（《海参的原味》）她会从电话录音机中寻找温情的维系，也会从来往频繁的贺年卡片中喟叹人情的冷漠。即使只是赏花观水，她也能够从中找到各样的意义，时而劝慰忙碌疲惫的现代人应该学会欣赏层染黄叶、约会春日美景以回望内心、观照自我，时而勉励贫寒艰

---

① 张国龙、吴岩：《当代散文的突围策略：建构系统的"散文诗学"》，《天津社会科学》2009年第3期。

苦环境的人们要学那玉簪花一样脱俗不凡，时而又警戒挑剔苛责的人们要像看待带刺的玫瑰一样包容宽广地正视他人身上的优缺点……朵拉的"自我"发现往往具有普遍的启示价值和深刻的思索意义，这就是《不要忘记拥抱》内容简介中提到的："她的散文发人深思，于细小处显出智慧的光芒，给读者以心灵、智慧的启迪，这是作者丰富人生阅历与细腻心理体验的集中体现。"①

　　有如此真诚的情感、敏锐的洞见和深刻的思考，朵拉的散文从里到外都散发出清新健康的自然气息，有学者就评价道："她的散文，不论是对现实的记叙，还是对往事的追忆；不论是对多彩生活的咀嚼，还是对单调日子的厌倦；不论是对社会某些不良风气的批评，还是阐明正确的生活态度，无不处处显示出清新细腻、洒脱自然的风格，体现了作者积极明朗、乐观向上的创作个性。"②散文的"自然"不是唯美烂漫或者虚幻缥缈的空灵，而是实实在在的真实，也许有人疑问：既然散文是以表现"自我"为中心的充满主观抒情性的文体，怎么可能不真实呢？诚然，散文是对自我生命的表现，但有不少散文却流于流水账式的记录或录音机式的应对，缺乏来自于现实生活而又超拔于现象世界的心灵真实。而在朵拉的散文中，我们却能实实在在感觉到一种与一切虚假现象和虚构情感相对抗的真实感，她虽然总是捡取日常生活的种种细碎琐屑，但却有能力透过事物表象的真实把握感觉体验的真实，并进而达到触及灵魂深处的心理真实的本真状

---

① 朵拉：《不要忘记拥抱》，嘉阳出版有限公司2004年4月版。
② 苏永延：《澄江一道月分明——论朵拉的散文创作》，见朵拉《不要忘记拥抱》，嘉阳出版有限公司2004年4月版，第176页。

态，从而使散文呈现出流动深彻的美感。如在《芒草花田》中，当她经过深秋中的芒草花田时，不禁被黄昏映照、秋风拂掠、群鸟纷飞的苍苍莽莽的芒草景致所吸引，在感受到大自然绝美造设之余，联想到人生中许多巧遇偶逢而又稍纵即逝的美丽，进而思索对生命的珍惜和执着，整个过程感觉细腻、情感流畅、入理委婉，没有不可收拾的滥情，更没有科班生硬的说教，仿佛静夜明月中幽渺的琴音一般，声声动情而又处处入心。最有意思的是，她竟然能从起居饮食这等平庸小事上也感悟出一般的见地，如《橄榄菜的自由》就是拿家常最普通的腌菜说事，她能从朋友喜食橄榄菜，联想到健康饮食和自我节制，最终讨论到自由选择的内涵，这种从一朵花中看世界，从一个微笑中见人情的发现正是朵拉真实的表现，她在谈到自己文学创作时曾说："有心文学创作，不放过一切生活细节，用心感觉非常重要。观察的时候，冷眼旁观。创作的时候，用心思考和感觉，如何把平凡的故事说得不平凡，除了冷眼热心，更别忽略生活中的小、小东西、小事件、小细节，把一切日常的小放大去看，深入理解。这和我画水墨画的方法一样，小小的一朵花、一只鸟、一颗石头，皆可成为一幅蕴含深意的图画。"[①]正是对事物深入的观察和敏感的体验，正是对生命价值的追问和探索，朵拉才能在平凡世界中发现不平凡的意义。因此，《香港文学》总编辑陶然评价她的散文集《小说吃》时指出："专栏文章在短短的篇幅里要写成如此光景，并不容易，除了熟悉各种食物外，还须有引发开去的智慧，朵拉的《小说吃》，表面上写

---

① 朵拉：《不妥协的灵魂》，见《朵拉微型小说自选集》，上海文艺出版社2008年12月版，第246页。

的是吃吃喝喝，实际上品味的是文化，是人生，是健康生活，写来轻轻松松而又发人深思。"①这实际上也可以视为对朵拉散文的总体评价，即真挚的情感、真诚的态度和真知的思考带来的真实状态。

在表现自我、展现自然的散文创作中，朵拉彰显了自由的鲜明个性，大陆学者胡德才就将朵拉定义为"一个自由人，一个真人"，他说："何谓'自由'？从消极的方面说，是摆脱外在的束缚；从积极的方面说，就是自我决定，自我创造。自由是人之所以为人的最宝贵质量，追求自由是人的本性。就个体而言，最重要，也最难得的是保持内在心灵的自由。因为人是自由的主体，因为自由，生命才有意义。……因此从某种意义上说，人类的使命就在于摆脱奴役、追求自由，而这也正是人类的困境。在我看来，马来西亚著名作家朵拉正是一位不懈追求自由、力图走出困境，并在她的创作中呼唤和激励人们走出人类这一共同困境的光明使者。"②读过朵拉散文的人都了解，朵拉是一位重情重义的人，她时常被一些小事打动，也时常为一些情绪所萦绕，这样的朵拉是善良宽容的，但并不代表就没有个性，正如她看自由张扬的九重葛一样："都说牡丹还需要绿叶来陪衬，自我主义的九重葛根本不理这话，它就是热闹繁嚣尽它所能绽放，用一种以多取胜你奈我何的姿态。经过的路人，看它或不，它依然不在乎，时间到了，朝阳升上来，花便照样绽开。"这样深入性命的观照绝不仅

---

① 陶然．《吃出文化品位》，凡朵拉《小说吃·序》，新加坡惠安公会2009年10月版。

② 胡德才：《话花·千姿百态》，见朵拉《和春天有约》，有人出版社2007年5月版。

仅是客观取象，而是表达了自己对自由的向往和追求，正如她文后表白的："但愿是篱花！"是的，朵拉是自由的，她渴望在《自由的露台》中凭台远眺、畅聊闲谈，她愿意《和春天有约》一样放慢脚步、享受生活，她甚至羡慕《脱走的纽扣》中那一颗脱离大衣出走的勇敢坚强的纽扣……主体心灵的自由舒放、淡泊澄净和超凡拔俗，赋予了朵拉与众不同的眼光和不甘流俗的见解，使她的散文真正表现出心灵世界中美好情愫和高层次情感，表达了对宇宙、社会、人生的深层思考和独特体验，达到了一种诗性状态，即："努力以一种诗化的、审美的态度打量、把握外部世相，在各种嘈杂的功利性话语所构成的语境中，树立一种相对超然的、远离物欲的美学精神或理念，用以诠释人生的意义或作为主体安身立命的依据。"[1]

朵拉坦言："文学是人学，也是情学。无论小说、散文和诗，描述的都是人，都是情。"[2]尊重情感、珍视情感、理解情感的朵拉，用她一颗纯洁美善的心灵观察大千世界，在浮沉跌宕的人间沧桑中，在纷飞喧嚣的风尘岁月里，以坚定而执着的信念建立起彰显自我、抒发自然、追求自由的散文灯塔，在苍茫汹涌的波涛中，为那些乘风夜航的人照亮了一片温暖的光亮。

---

① 沈义贞：《中国当代散文艺术演变史》，浙江大学出版社2000年版，第288页。
② 朵拉：《不妥协的灵魂》，见《朵拉微型小说自选集》，上海文艺出版社2008年12月版，第247页。

【袁勇麟，1967年4月生，福建柘荣人。苏州大学文学博士，复旦大学文学博士后和新闻传播学博士后。现为福建师范大学教授、博士生导师、协和学院院长。系中国世界华文文学学会教学委员会副主任、福建省台港澳暨海外华文文学研究会副会长。著有《二十世纪中国杂文史》（下）、《当代汉语散文流变论》、《文学艺术产业》，主编《中国高校新闻传播学书系》《新媒体传播学丛书》《二十世纪中国散文读本》《中国现当代散文导读》《海外华文文学读本·散文卷》等。】

听香

清早起来，先作画，已成为生活中的功课。

大家都以为画家全是潇洒不羁，随心所欲过日子。我也曾有这样的误会。刚开始画画，接触几个画家，生出了浪漫才是艺术家性格的想法，自己成为画家以后才醒悟。也许应该说是错觉吧。最近网络流传一句有意思的话"现代人大多有三个错觉，一是时刻感觉我的手机在震动，二是每天都以为今晚我会早睡，三是被人多看一眼，多打一个电话来，多说几句话，就感觉他喜欢我。"这份错觉一直到我变成画家才明白，真正从事自由业的人，自律性必须比任何人都要强，要不然，穷其一生拿不出成果。赶紧转型将自己改变成务实的人，之后，每天早上在精神最饱满的时候，若无善加利用，一天就会懊恼甚至悔恨到晚上。

到书房先拉开窗帘，打开窗口，远远的海岸线，大片鲜丽的红色杂在未亮的黑灰天际边益发绚艳耀眼。窗外仿佛触手可及的雨树，在开花的季节不会忘记盛放它毛毛球样的小红花，朵朵昂扬的花往往叫我的视线舍不得转移。无论花开花落，清新的空气里总浮游着花叶的香味，一边深呼吸，头脑开始思考回头笔下画纸上的布局。

　　朋友听说我每天五点起床，吃惊问我，孩子不都长大了吗？这么早起床干吗？我但笑不语。年纪不小，却无法控制个人的情绪，怎么好意思回答？作为艺术创作者，头脑特别佻皮，无论何时何地，就是不知休息地不停运作，起身之际不管几点，关于散文或小说或图画的构思，马上十分自然地跳到脑海里忙碌地打转。听到朋友几乎天天十点才起床，羡慕妒忌懊恼气恨，羡慕妒忌她，懊恼气恨自己。难道我不想要继续睡到自然醒么？非也非也，睡觉中途不可以起来，一醒就再也睡不下去。所以，并非看着窗外的景色，呼吸花叶香气的时候，才开始构思文章和画图，人仍躺在床上时，肉体和灵魂早就分开两路各自去了独木桥和阳关道。

　　肉体和灵魂在健身时候继续分开。面对镜子，脚在跑步，头脑在绘图。一边享受跑步的流汗，一边享受脑海中不停在修改的图画。

　　为了这样的尽情投入，每天很自觉地早睡早起，努力照顾身体。晨运过后，在花园里漫步，不是真的散步，是为了看花看树。

　　喜欢开花的大树，叫人看见什么叫作"坚硬中的温柔"，柔情虽没能似水，另有一种绰约的动人风姿。初始搬进来，曾误会窗外的黄花大树是"悦椿花"。槟城人称它为"缅甸玫瑰木"。主要是离住处不远，行车大概三分钟，便有一条名叫缅甸的路。当年槟城和缅甸商业交往相当密切，我有一个朋友，她的父亲当年就是来自缅甸的华商，后来爱上槟城便移居此地不走。朋友说她的童年就在槟城缅甸路渡过。缅甸路其中一条支路，矗着全槟唯一一座、极其稀罕的缅甸寺，很可能这是全马唯一的缅甸寺。寺庙外头的百年老树，往往在农历年过后，大约三月或四月间就开满一树锦锦簇簇的悦椿花。想来定是当年缅甸人过来时，把他们家乡的树也带过来慰乡思。像黄金一样明亮艳丽，没有人见过它凋敝的样貌，因为它一边不停绽开，一边不停掉落。路过时遇上，碎碎的花瓣掉在肩膀上，有时候藏在头发里，这里的人没有在头上簪花的习俗，但那细薄的片花不是刻意别到发上去的，别有一股自然风情，叫人舍不得扫掉。走在街上，感觉自己亮丽不俗起来了，自我感觉良好，却不必花钱，是悦椿花免费送来的愉悦。

瓣瓣艳黄在阳光下洒金光，就算落在地上，也是亮澄澄地不给你看它的凋萎姿态。如此不可动摇不可摧毁的顽强刚毅，既让人心疼又叫人欣赏。

同样长在大树上，亦同是黄金般耀眼的色彩，另有一种叫"金浴雨"。

当发现长在我窗外的树不是"悦椿花"时，我便肯定它就是"金浴雨"了。"金浴雨"爱在清明节绽放，正好也是阳历三月底四月初，有人便唤它"清明花"。清明节去扫墓，经过好几条街道，行道树无声却喧喧嚣嚣地在路边熠熠生辉。那样绚烂璀璨的串花，人们很难假装看不见，尤其它爱随风飘扬。风一吹，长长一串的黄花摇曳生姿，柔软的花像在撒娇地嗲人，骗取路人的视觉焦点。还没看清楚，它却又跟着风的方向轻盈飞舞，迤逦一地，把街道铺就成黄金地毯。每次开车，都舍不得辗过，怜惜地缓下速度，有一回，目眩神驰走了神，甚至停在路边，痴痴地瞭望那飞花满天的奢华，对着失去了花的零星叶子和空空枝干的大树，没有流泪，但生惆怅。

三四月正好是春天，不管什么树到了开花季节，总要开花的。每天晨运看花，有一天认真观察，不是"悦椿花"的黄金花大树，原来亦非"金浴雨"。这场误会时间够长的，幸好搬到窗外有树的房子来。这相似的黄花洋名原来是yellow flame '黄色火焰'，名字一听便清楚它的花在绽放时，全棵树要喧喧扬扬燃烧起来，不管你在多么遥远的距离，串串的黄花在树上炽艳地唤你看过来。

多看几眼，发现"黄色火焰"的花串姿态昂扬挺立，向着天空指去，而"金浴雨"正好相反，串串往下垂，花是向着地上生长的。马来园丁指着它告诉我这棵树叫copper pod. 几乎每天在树下都会看见一地的落花，不耐风吹更不耐雨打。"铜荚"这阳刚的名字和轻柔的花未免太不相符。园丁说应该是以它结实坚硬，棕紫色扁平豆荚的果命名的。

这些花，花形相似，也同样地香气盎然。漫步时间经过树下，便做深呼吸，醉人的不只是花的美丽，还有馥郁的香气，别说在树上的花，就连缤纷的落英，也香味弥漫。神清气爽地带着心旷神怡的香气回到屋里，重新提笔继续绘画创作。

天天埋头努力作画，有人同情地说真是辛苦了。创作者却喜滋滋，不管窗外是天晴天雨，日日都在做自己喜欢的事，谁能比我更快乐？画着画着，2016年11月终于有了中国福建四地巡回水墨画展。

画展名《听香》，现场来了电视台、电台和平面媒体记者，不约而同诧异提问："香可以用听的吗？"

绘画追寻超越形似和颜色，但求神韵与意境。如果"不愁明月尽，自有暗香来"，如果"自从去年一握手，至今犹觉两袖香"，如果"山气花香无著处，今朝来向画中听"，那么，只要你以一颗闲淡自适的心去看画，香当然可以用听的。

一个人的茶

喝茶，是平常日子平常过。

每天都有茶相伴，也许不让人羡慕，但自己还是挺有乐趣的。

上午工作两三个小时后，停下来喝茶；下午同样也找个时间，再来泡壶茶，边喝边把头脑放空。许多人执着不移地认为坐着写作，站着画画，都是写意得要命的事。身为自由业的作家画家倘若不承认这是事实，即被群起围攻。身边写作画画的人，数量少之又少，不写作也不画画的人比例太高。少数服从多数的情况，通常是因为人少势弱，有说话也没有人注意，声音微弱，信息难以传达。工作不流汗的文人再怎么诉说如何疲劳怎样苦累，从外在形式观察，不管有多么辛苦确实看不出来，跟阳光下满身大汗的体力劳动工很难相比，只能够自己把苦水吞咽，再自己给自己泡壶热茶解乏。

但那不是真喝茶，不过是为了要离开电脑，让眼睛和脑袋一起休息。自书房转到厨房煮水冲茶，中间等待茶叶泡出味的一小段时间，坐下来翻书看画，顺便配点茶果茶饼或花生坚果，中国茶和西洋蛋糕一起吃喝亦是常有，味道一甜一淡也极契合。15到20分钟后，壶中经过三五次冲泡的茶，茶味也出得差不多，便心甘情愿回到书房继续努力。虽然是一个人的茶，因为有书画相伴，倒也津津有味。日久天长，变成习惯，一日无茶，离开电脑时便惶惶然不知所措。

这么说来，一日要喝两回茶呢。虽然如此，对于茶叶并无特别讲究，也许是向来没研究。懂茶的朋友问，喝的都是什么茶呀？开始的回答是，什么茶都喝。喝茶时间长了，渐渐领悟，答案改为"喝的都是好茶"。南洋的土壤阳光气候都不适合茶的种植，自家不种茶，但很坚定在喝的全是好茶。家中的茶几乎皆来自中国，中国友人特爱以茶相赠，而且总把最好的茶作为赠礼。

茶在中国人心里，地位很高，喝茶是生活的艺术化，品茶是艺术的生活化，更是一种境界和修养。唐朝陆羽早在一千多年前便为茶写了一本《茶经》，被称"茶圣"。喝茶品茶从此成为中国人的经典文化。唐宋是文风大盛的朝代，文人雅士尚茶，品茶饮茶之余，更参与采茶，制茶，还相互比较谁的茶叶最好，甚至兴起了斗茶风气。文人喝茶讲究的除了茶之味，更在意的是"静寂小少慢"。静寂是环境和气氛的幽雅，让喝茶人的精神和心理也随着煮水泡茶喝茶的时候澄静下来。小是茶具和茶量，一如袁枚在《随园食单》说的："杯小如胡桃、壶小如香橼，每斟无一两，上口不忍遽咽。先咽其香，再试其味，徐徐咀嚼而体贴之，果然清香扑鼻，舌有余甘。一杯以后，再试一杯，令人释燥平矜，怡情悦性。"这么说小和少之外，还要慢。慢慢地品茶，可把浮躁的心情缓下，生出悠然自得的恬怡之情。少同时说的亦是人数不要多，人多声音嘈杂，一热闹便乱了气氛，雅致被消除，浊气混进来，再慢也品不出茶之质，体会不到生命的真趣。文人完全了解，喝茶追寻的是闲逸淡泊和宁静，因此，说文人斗茶，无非是在为生活增添艺术情趣，他们在斗的，是自己的艺术观，是个人对美的感觉和品味。

每天的茶，往往是独饮。翻书看画时，陪伴着一起喝茶的都是古人。这我喜欢。不爱噪音，不喜多话，静静地看书读画，配茶正好。从书中才知道原来颜真卿晚年时住在湖州，寄情于茶，和"茶圣"陆羽还是好朋友。许多往往仅限于日日喝茶的人，便自称为好茶者。真正爱茶成癖的颜真卿却认真投入，从种茶、采茶、烤茶到烹茶，无一不精通。他和陆羽两个迷茶人时常聚会，后来又认识了谢灵运第十代世孙、俗名谢清昼的皎然和尚，皎然和尚有诗云："不欲多相识，逢人懒道名。"但三个茶痴却结为好朋友，一有时间便相约品茶吟诗，唱和往来，酬赠诗书，茶会兼诗会。"九日山僧院，东篱菊也黄。俗人多泛酒，谁解助茶香。"便是皎然和尚著名的茶诗。茶诗聚会中还有诗人耿湋，他对陆羽的羡慕清楚地在一句"一生为墨客，几世做茶仙"透露了。陆羽则在《六羡歌》中道尽他对茶的痴迷："不羡黄金罍，不羡白玉杯。不羡朝入省，不羡暮入台。千羡万羡西江水，曾向竟陵城下来。"

同样在喝茶时间，看到白居易这老茶客在《谢李六郎中寄新蜀茶》写："故情周匝向交亲，新茗分张及病身。红纸一封书后信，绿芽十片火前春。汤添勺水煎鱼眼，末下刀圭搅麹尘。不寄他人先寄我，应缘我是别茶人。"自称"别茶人"（能鉴别茶叶品质优劣的人），所以人家便给他寄来茶叶，真是有趣。通常赞赏的话是留给别人说的，白居易看似大言不惭，其实是诗人的赤子之心。虽说这是朋友们在喝茶活动中封给他的荣誉称号，他听了就"照单收下"还写进诗里。终日喝茶终生嗜茶的白居易朴实自然的诗和茶一样。别说那家喻户晓的《琵琶行》，看看他说茶的诗句"起尝一碗茗，夜读一行书""或吟诗一章，或饮茶一瓯""游罢睡一觉，觉来茶一瓯"，都是浅显易懂，果然是小儿老妪皆能读明白。最教读者难忘的是他那首《山泉煎茶有怀》："坐酌冷冷水，看煎瑟瑟尘。无由持一碗，寄与爱茶人。"他自己喝着由山泉水煎出美味的茶时，还想把这味道极好的茶，这份怡然自得，赠给爱茶的友人。

每一次当我收到朋友的茶礼，便想到白居易的这首诗。

因为朋友多，家里什么茶都有。不管什么颜色的茶，不理什么味道的茶，凡是可以让你喝到就是为了喝茶而喝茶的一颗单纯的心，生出一种闲适的感觉，从茶水中获得悠闲的心情，那就是好茶。

每天两回，闲闲地喝茶，一边想着朋友，一边羡慕我自己，多么幸福的我呀，屋里满是情意茶。

到漳州老街喝茶

坐在酒店大堂等待漳州朋友来接，一坐下，工作人员嘴角含笑，口气像对待邻家的阿姨一样亲切："给您来一杯茶，好吗？"来不及回答，车子到了。时常到处游走，住过不少五星酒店，享受细致的服务不稀奇，但这里是漳州，小小的城市，贴心的招待，惊喜不已，边往外走边回头说："下次喝。"

这是受训以后的表现，抑或本来待人就体贴亲切？听说漳州旅游并不发达。到老街去逛，一路在地人为多，对于容易赚钱的旅游业，漳州似乎不如其他城市积极。老街逛下来，发现漳州人在乎的是用心生活，过自己喜欢的慢悠悠闲适日子，如此这般"有个性"，真叫人无法不激赏。

把自己当成邻家姐姐的车夫，直爽地叫我们唤她车夫姐姐，和我们一起游老街。刚下车，仿佛回到去年台湾的深坑老街，红砖老房子，门口五脚基，有人叫骑楼，和槟城的老房子相似。骑楼下摆卖青菜水果和日常用品等，买的人不多，可能采购时间已过，上午十点才上菜市场是稍迟了些。摊档的小贩和购物的主妇，就在街头闲闲地聊起家常。青石板铺就的街道，没有汽车，偶尔来部摩托车，或者单车，慢悠悠，仿佛没有赶时间的人，也许时光在这儿停下来了？

楼上的住家伸出绚艳的九重葛，把花开到露台外，衣服挂在骑楼下滴水，也有悬露台上晒太阳，一家红砖柱子贴一"茶"字，没开门，想当然是茶店。门外一座石雕牌楼跨街立着，雕刻好几只中国人最喜欢的龙，以及人物故事的浮雕，还有难度更高的镂空雕人物，中间打横以楷体刻着"探花"二字，上面还有被龙包围的直书刻着"恩荣"，努力仰头，却看不清楚浮雕和镂空雕之间书法雕刻的说明。

前边一个同样高大精致的石雕牌楼吸引我们走去，经过一间小小的庙，半个店面宽，大门洞开，穿过骑楼望进去亮晃晃的天井，停一部载货人骑三轮车把门口塞了，简陋的长梯子让香客爬上去拜拜。骑楼下挂一盏写"福"字的红灯笼，遮盖了门匾，露出第一个"打"字。漳州朋友说这是世界上最小的伽蓝庙。抬头看那狭小的庙，楼上四根铁杆插着捆红边的黄色旗帜，没遮顶的地方搁一个简单的焚金银纸炉，露台上十几盆绿叶间杂红叶植物，毫无装饰，像住家更多过像寺庙，但有繁体"伽蓝庙"的匾在矮矮的屋顶下横挂。残旧沧桑，一副真我的面目给众人看。漳州就给人这种感觉，生活上的一切极简单朴素，不需要多余的花饰。

前边的石雕牌楼除中间横书楷体"尚书"，其他雕饰的精致和前一个探花牌楼相似度极高，揣测很可能同时建筑。后来网上搜索资料："明万历三十三年（1605年），嘉靖年间探花林士章，字德斐，漳浦人，曾任南京礼部尚书，国史副总裁。"很难想象小小的漳州，出此大官，肯定要矗立牌坊。街头角落屋子的匾是启功题的"徐竹初"，店门没开。这时遇到"唐宋古城历史街区"的说明和全国重点文物保护单位"漳州石牌坊——双门顶明代石坊"的石牌，赶紧拍照留念。

到路口才知道刚才走在"香港路"南段。未拐右见"台湾路"牌子，不明为何老街叫香港和台湾路。停放在路边的三轮车勾起昨晚的记忆。住的酒店门口是夜市，没规划为步行街，步行的人却可大摇大摆走街，反而是车子在闪避行人，真是有趣。漳州人的自律和为他人着想的心态正好显露他们有多可爱，更可贵的是他们好像不知道。

本来沿着夜市的街道走，也可以抵达老街，漳州很小，Q说。只是游客不争气，一个星期在路上，显露的疲态，被细心的漳州人Q看见，建议乘搭三轮车。比走路轻松，比坐车慢，不失为游漳州的好方式。漳州夜市灯光不够辉煌，小贩也不喊不叫不拉客。顾客光看不买，他们亦处之泰然。煎煮食物的声音和香气一起交响乐般热切地响起，Q说当地特色小食有海蛎煎、蚵仔面线、五香卷、肉粽、封肉、卤面、板栗饼等等，晚餐吃过了，消夜不习惯，拼命闻香吧。老街有很多经典的老味道，Q说，于是，还没下三轮车，就在夜市中约好隔天的老街游。

当时位于漳州府衙前，故叫府前街的台湾街，才趑过去便见百年天益寿药店，如逢故友，因曾听说过，清末时期，一陈姓青年原为天宝堂药店伙计，后娶老板女儿为妻，另创办主要销售片仔癀、龙胆丸及药酒等的天益寿药店。传说中的店真实地在眼前，三间店面，中间悬的是店名，两边雕刻"百年药店"和"诚信守实"，一是生意广告，一是生意守则。楼上有洋式的铁花栏，楼下则是铁花窗，悬着中式的红灯笼，中西配合得有点不搭贴，可是，好像也没人多看一眼。

门口停着单车、摩托车、三轮车，提着菜篮的妇人经过，停在隔邻的糕饼店。车夫姐姐买来绿豆饼，新鲜出炉的豆香味，超好吃的，是今天心情特别好吧？决定给它名叫"心情绿豆饼"。这饼配茶，特别美味。Q说完，就走到"府埕老茶舍"。

两排相对的民国楼房，每间挂个红灯笼，红砖白墙，骑楼下的走道，老人们围坐在喝茶、聊天、听歌、打麻将，外头树下排列的长椅子，春风吹拂着穿人字拖的休闲人们，有的是走得疲累的游客，手里还拿着地图在研究。一家叫"南洋三叔公"的店，挂着长长的红门彩，可能刚开张营业，作为游客的人兴趣更在对面的晓风书店。Q说书屋已改为书吧。照样售书，只是白天附加经营咖啡厅，晚上一楼有歌手献唱，看书的朋友请上二楼。书吧里人不多，都是年青一代。

尽头对街是公园，门里两棵非常高大的树，叶子和花皆落尽，看似火凤凰，又像红木棉，究竟是什么花树呢？这里是中山公园吧？中国许多大城小镇都有中山公园。可是我没有问，也不追究，幻想留待下次自己再来发掘这个老街的故事。

许多城市都有老街，所谓宋明清古街，一些刻意规划成步行街，可惜档口和商品都如出一辙，分明是从同一个成品工厂出来，街道打扮一如经过美容院修整的样板脸孔，美丽毋庸置疑，不过就是处处同一款，叫人产生审美疲劳。

保存原来生活风貌和传统习俗的漳州老街，是个喝茶的好地方。喝茶本来就是喝心情，就像漳州整个老街的周围，浮游着一派恬静、舒缓、闲适、慵懒的喝茶气氛，再加上浓厚的乡土气息，既不耀眼，更不闪亮，有一种沧桑斑驳，历史雕琢的美，犹如穿久了的衣服，褪色残旧，却最为合身，舒服好穿。

回到酒店，看见问我要不要喝茶的工作人员，我告诉他，我还要回来漳州喝茶，也许他不明白，但我真的想再回到漳州，去老街喝茶。

咖啡传奇

　　有一种饮料，闻起来比真正喝下去还要香的，就叫咖啡。难怪我有朋友叫了咖啡，一口也不喝，说为了闻香而来。

　　有人说这味的感觉竟比不上嗅的感觉，简直就是灵感和意象的象征。文学圈也流行一种说法："诗人没有咖啡写不出好诗。"同行嘲叽这是写不出文章的借口，还接下去撇嘴蔑视："有人要红酒，有人要抽烟，还有人要咖啡呢！"说了就笑"真正的诗人不会这样"。不会写诗的人，静静地听，俗气地想：可惜不管多好的诗也不过就那一丁点稿费，不然倒可以用这金句来当咖啡广告，让咖啡更增添文学效果和诗意，也将咖啡的身份地位提得更高。众所周知，广告不必真实，让人相信了，愿意掏腰包花钱购买，便是成功。

　　动听悦耳的咖啡广告词很多。"再忙，也要和你喝杯咖啡。""点滴皆是爱，温馨到永远！""爱在唇齿间旅行。""用一杯咖啡的时间来想你。""爱上你，爱上生活的味道。""记得爱，记得时光，记得咖啡。""喝出来的是感情，品出来的是人生。""好东西要跟好朋友分享。""给新的生活带来新的口味。""品位生活，从这里开始。""我的咖啡，随心配。""越煮越浓的亲情。""我的咖啡，自己的味道。""它的苦，更甜美！"叫人眼花缭乱的广告词语，多不胜数，最后看见排行榜的冠军是"味道好极了"！

繁复固然有重叠层次的丰富美，"简单才最美"果然是王道。"味道好极了！"一清二楚没有包装纸。不需要添加任何美容术语去装饰。比较起来，其他句子亦叫人钟情，却缺乏一针见血的直指人心。文人最爱的咖啡广告，是为一个著名诗人写的，那名话说的是维也纳诗人彼得·阿腾博格："当阿腾博格不在咖啡馆，那他必定是在去咖啡馆的路上。"后来就有人延伸为："我不在家，就在咖啡馆；不在咖啡馆，就是在往咖啡馆的路上。"

说得诗人彼得·阿腾博格仿佛是天天、日夜、时刻无咖啡和非去咖啡馆不欢。倘若你读过他的《咖啡馆的诗歌》，肯定相信他对咖啡馆情深似海。"你忧心忡忡，这也不顺心，那也不如意，就去咖啡馆吧！/如果她不能履约前来，无论理由多么充分，去咖啡馆吧！/你的靴子穿坏了没钱买新的，去咖啡馆吧！/生活入不敷出？钱不够用，去咖啡馆吧。/你一身俭朴，从不犒赏自己，去咖啡馆吧！/你身为小公务员，却奢想成为一个医生，去咖啡馆吧！/你找不到理想中的女朋友，去咖啡馆吧！/你嫉恨和蔑视所有的人，却又离不开他们，去咖啡馆吧！/失去了对所有人的信任，去咖啡馆吧！/觉得活着没有意思？去咖啡馆吧。"

这首诗里有心事，有问题，有沮丧，有懊恼，有怨恨，解决方案朝向同一个地点，"去咖啡馆吧"。全诗非常纯粹地只含一个意思："生活中尽管时常遇到各种各样的烦恼，去了咖啡馆以后，问题再也不成问题。"有人读过这首亲切从容的咖啡馆之诗以后，死心塌地爱上咖啡和咖啡馆。

在彼得·阿腾博格笔下万事淡定可爱的维也纳咖啡馆，早就被联合国文教科组织列为非物质文化遗产。欧洲两大著名的咖啡馆文化是在维也纳和巴黎左岸的拉丁区。在维也纳老城区国家歌剧院附近有家沙榭尔咖啡馆，作家斯蒂芬·茨威格就在这里听德彪西、史特劳斯的音乐，阅读保罗·瓦雷里的文字（我也很喜欢他的"纵有疾风起，人生不言弃"，还有"聪明女子是这样一种女性：和她在一起时，你想要多蠢就能多蠢"）。喜欢阅读文学作品的读者，几乎都读过斯蒂芬·茨威格的小说《一个陌生女子的来信》，据说就是这样坐在咖啡馆里阅读听音乐写出来的。他著名的作品还有《傍水人家》《同情的罪》等。

位于巴黎左岸的双叟咖啡馆和花神咖啡馆出名的不只咖啡，而是光顾咖啡馆的人。他们是超现实主义诗人阿波里奈、西蒙·波娃和萨特、海明威、加缪和毕加索等，著名的影星亚兰德伦、珍芳达、碧姬芭杜等亦在这里喝咖啡。这两家咖啡馆因此被称为"星光熠熠咖啡馆"。和其他咖啡馆大不同的是，双叟咖啡馆自1933年开始，每年向法国小说颁发双叟文学奖。花神咖啡馆则由弗雷德里克·贝格伯德于1994年设立花神文学奖，每年在咖啡馆内颁奖。我的画家朋友到巴黎时，带着预先写好我的地址的信封去，一到巴黎马上就给我来信，说坐在咖啡馆里"叹"咖啡比站在外头喝价格要贵些。起初为了省钱，站在咖啡馆外喝，一边看巴黎路上的行人，都是俊男美女呀！他说，他打算"流浪在巴黎"一个月。后来，他用他的画，换了咖啡，还换了餐点。这信中所说的一切，叫人惊叹的不是左岸咖啡的价钱昂贵，而是在巴黎真的可以画换吃换喝的。难怪艺术家都把巴黎当麦加，非去朝圣不可。

沉迷台湾书籍的中学时代便听过"明星咖啡馆"之名。画家郎静山、陈景容等，作家柏杨、罗门、管管、三毛等都是当年的常客。创办《现代文学》的白先勇、陈若曦和王文兴定期在这咖啡馆开会研讨如何办好刊物，后来陈映真、黄春明、七等生的《文学季刊》也把这儿当流动编辑部。"云门舞集"的创办人原是作家林怀民，年轻时在这里写文章，曾经发表我的文章的《中国时报》人间副刊主编季季也是在明星咖啡馆边喝咖啡边写作。

明星咖啡馆出名的不只是咖啡、蛋糕和云集的艺术家，诗人周梦蝶本来是流浪式到处摆摊，一回到明星骑楼摆书摊，"（明星咖啡馆的）简太太看到我，拿了块蛋糕请我吃，对我非常友善！"一块蛋糕叫爱吃甜的诗人从此定点开档，在骑楼下的书摊摆了21年。一次我去的时候，诗人不在，后来再去，诗人走了。本来想至少买几本书，就算看不懂诗，也可以闻闻书页上我喜欢的咖啡香味。

后来才知道这咖啡馆是"台湾现代文学的摇篮"。有篇文章说陈若曦曾经提起："那时黄春明刚从乡下进城，穷得很，一杯15元台币的咖啡，从早泡到晚，他短篇小说《锣》和《儿子的大玩偶》都在这儿完稿。"

明星咖啡馆有无成就电影明星没加注意，倒是成就了不少艺术家。

更早之前读香港作家的文章，说是在咖啡馆写专栏。特殊的文学环境造成香港曾经是专栏超级发达地区，许多作家靠专栏为生，一个人同时写三五个专栏似乎得心应手。全球人都晓得香港房价之昂，小小的公寓一般普通市民亦难以承担，住处的狭窄迫仄，逼使作家到咖啡馆寻找喘息空间。看着羡慕得很，有时家里相处不愉快，便起心动念，幻想要到咖啡馆去写作。

后来到香港观光，看见香港咖啡馆的面貌，大大吃惊作家在那样的环境下能够创作。桌椅排得紧密，转身也嫌困难，狭窄的程度叫人走进去便想赶快减肥吧。又总有人在等待空座，你一喝完，侍者分秒必争地借机过来擦桌子收杯盘，提醒你快走为好，连喝杯咖啡都闲情不足，怎么静心作文？比较之下，写作要求要有书房要幽静要好茶要音乐，特意制作一种所谓创作的氛围，可是，氛围有了，文章是否出色又是另一回事。刻苦耐劳的香港作家为文学付出的精神，我们要行礼致敬。

香港人的喝咖啡习惯和槟城人相似，都爱叫一杯咖啡配烤面包。咖啡和面包的配搭非常永恒，一如维也纳和巴黎的咖啡配蛋糕。咖啡香味浓郁的维也纳，当地人分析他们的咖啡馆情怀："去咖啡馆的人就是那些喜爱寂寞又不愿孤独的人，想要独自待着，却又希望周围有不相干的人陪伴。"在人群中寻找静谧这种事在也是满城咖啡香的槟城似乎并不可能。走在槟岛老城区，每条路上都有咖啡馆。槟城人本来就爱喝咖啡，再加上当年英国人在马来亚独立以后走了，留下他们的下午茶习惯。南洋人爱咖啡多过西洋红茶，每天下午呼朋唤友说"去下午茶啦"，大家叫来的却都是咖啡。以咖啡粉冲泡的南洋咖啡，和新式的西洋磨豆子咖啡是同胞生，拿上桌时样貌和味道都不相同。

为了辨别，我们叫南洋咖啡老咖啡。爱老咖啡的却不全是老人。老人喝的已经不叫咖啡，叫感情。槟岛老街有间老店叫广泰来，它的出名除美味的咖啡之外，当年槟城首富骆文秀每天都要来这里喝一杯也成诱人的广告。我20年后重返槟城时听说了，想去沾沾首富的福气。路过三次，才终于鼓起勇气走进去。主要是自己照镜子不知道自己老。车子经过看进去，都是老人，而且是老男人。后来再探听，原来这咖啡店号称老男人俱乐部。我的幸运是第四次路过时，望进店里，有个女人杂在无数个男人中间，赶紧到前边泊车，和同车的年轻小友走过去，以为成为店里的第二和第三个女顾客。谁知来过以后再来，发现女顾客多的是，尚且不计年龄。时时有洋人游客为当年英国人喜欢的老咖啡，特意摸过来品尝祖先的口味。

坐在咖啡店里聊天，那些人骂政府比喝咖啡还努力，骂了好久，才喝一口咖啡，不是为解渴，反正就一副不想立刻离开，打算要久坐的样子。老店还有华文英文报纸和杂志，有空的人可以边喝边看闲书。播放的歌曲以英文老歌为主，后来才晓得受英文教育的老板爱老歌。

自从槟城申遗成功，外国人纷纷到来收购老屋，许多租老屋开店的老板感叹，要是店租继续高涨，生意可能做不下去。到后来我们已经不是为了喝咖啡，到处介绍给好多朋友，提醒他们"要喝老咖啡，要请快点来"。

一回朋友告诉我，三月某一天她去喝咖啡吃烤面包，老板只收烤面包的钱。原来有个长期光顾的老顾客生日，为庆祝自己的诞辰，她替当天所有到来的咖啡爱好者买单。到底老顾客爱的是咖啡的香味还是咖啡馆的气息呢？我们也分不清。我们知道的是，咖啡香味氤氲的老店弥漫许多传奇故事，这也不过是其中一桩罢了。传奇的还有只闻香不喝咖啡的朋友，他说咖啡像爱情，有的爱情，遥望远观就好，不一定要真正拥有。

在水边喝茶

人站在水边，圆圆的石头也在水边，阳光把人的影子投射石头上，以手机拍下石头上的长影。石头虽不言语，伫在水边的石头格外柔润，充满灵气。圆石头边有棵树，不大，树形普通，他们说是桂花树，我的惊喜掺杂失望，若早点来遇到桂花季节，可喝茶闻香多好呀。掉在石头上变长的人影上边是桂花树叶的细碎投影，桂花树边是茶室的台阶，一起前来的学者作家都上去了，仅我一人朝相反方向走。

大小不一石块铺就的石子路旁是草地，古人称为薮，草地边上一条河，河中浮着一片巨大的平面石块，上边排着亦是石头切割、形状不太规则的桌椅，河水把水上茶坊的倒影现在众人眼前，曾经来过的他们说来喝茶，看起来似有事商量，唯我闲人一个。

深青浅绿的起伏山峦和蔚蓝的天空色系相似，大自然却把它们分成不一样的层次，分明清楚的蓝和青，映在河里亦然，那不停晃动的河水，教蓝和青又多生一层交融出来的蓝绿色。高高低低的房子隐藏树后边，静谧幽幽似尚未住人。河对岸姹紫嫣红的花儿错落有致散开在浓淡交叠的青翠树叶里，五彩缤纷的璀璨野花比不上水上浮萍的翠绿漂亮。临水另一边的青竹子长得高瘦清癯，因生水边，多一分水灵灵的灵秀。影子落到水里，层叠交织出一重又一叠绿意，竹叶因风吹拂晃动不已。冬天下午的风稍凉，晃荡的是水的流动，我蹲下伸手从河水里漂出水花来，冷冷的水漂出来的花具有冷艳之美。带不走风的吹拂和水的流动，唯有以手机拍摄，幻想这美景跟随我回家。

小心翼翼跨步，担心把脚下石头缝间那些类似雏菊的黄心小白花踩坏。上台阶先见茶室后边山坡旁种了一排竹子，阳光叫竹叶散发金色光芒，然后又穿过叶子缝隙透到水泥地上成为一幅类剪影的水墨画，待要走进茶室时发现这傍水建筑物分隔成数间厢房，并有围栏，半边建在水上的茶室和办公室，粗绳子围栏是安全措施。

一进室内便闻到清清茶香味，泡茶的罗老师招呼说来喝茶，是大红袍。宋代就是皇家贡品的武夷岩茶大红袍，叶片红绿相间，有"绿叶红镶边"之誉，似兰花的清香，人赞"香高岩韵显"，又有人说大红袍有桂花味，亦有人说香气特别馥郁。罗老师说已冲第三泡。一懂茶学者说："正是最好的味道。"罗老师倒茶，清澈茶汤呈褐黄色，爱饮热茶的人趁热啜一口，微苦，再啜，顺喉，最后一口喝下，回甘。微微的炭火味和纯粹自然的茶叶干香是爱大红袍的因由。

手捧大红袍，穿过茶室的大片玻璃望去，几只麻雀伫在平面大石块上，一只喜鹊在石块角落处观望，水边草地的白面水鸡才是诱我又再出去的主角。一群四处可见，最能象征平常生活的麻雀仿佛在开会，叽叽喳喳不知是谁在当家做主？鸣声异常响亮却极为单调的喜鹊，乃华人最喜爱的吉祥鸟。中国画家爱画此鸟以喻吉兆。两只喜鹊面对面叫"喜相逢"，喜鹊画在梅花枝头便是"喜上眉梢"，双喜鹊加一枚古钱，便成"喜在眼前"。学水墨画学到喜鹊时，老师特别为我们诵读一首藏头诗："喜迎春风暖融融，鹊鸣吱吱笑稚童。闹声喧语赏花去，梅蕊幽香蜂蝶涌。"是"喜鹊闹梅"呢！可是，吸引我的白面水鸡，在中国的学名却是白胸苦恶鸟，这名字没法引人好感，极少画家愿意在笔下描绘。它喜欢栖息在芦苇或杂草的沼泽地，或有水的草丛竹丛稻田中。它走动的姿态，头颈前后伸缩，短小的尾巴上下摆动，畏畏缩缩的不好看。它的叫声清晰嘹亮"苦恶、苦恶"，非常单调，难以讨人欢喜。民间传说这鸟是一个被恶家姑虐待而死的媳妇所化，是怨鸟。苏东坡、陆放翁都有"咏姑恶诗"。范成大曾写过诗序："姑恶，水禽，以其声得名。世传姑虐其妇，妇死所化。"不讨喜的姑恶水鸡因罕见，叫我一见便复走出茶室回水边看它。有鸟因其名而得人爱，有鸟又因其名而讨人嫌，足见世人都容易被浮于表层的功夫迷惑。这都不足挂碍，我有个朋友，和他提白面水鸡，他竟说很滋补，可炖汤，叫人不得不折服他的贪吃，也原谅被人当食疗的白面水鸡警觉性特强。那日过后，不再请他喝茶。

麻雀还在开会，喜鹊亦尚在观察状态，水鸡却突然发现有人看它，惊惊惶惶飞走。返回茶室，罗老师换了金骏眉，特别介绍这茶可泡上十多次且余味犹存，乃红茶中的极品。

金色的茶汤散发着淡而甜的花香蜜香和果香，是茶中的难忘味道。那年受邀到泉州师院演讲，过后学生纷纷涌来不让回，一再要求合影，其中一个即将毕业的张姓学生，自告奋勇晚上带客人去听南音。府文庙夫子泉茶馆的南音表演，已成泉州夜晚的一道风景，来的不只本地居民，还有游客。难怪有诗"南音生南国，曲曲寄深情；海外寻故旧，泉城有知音"。赵朴初先生于1982年到泉州参加元宵南音大会唱时，也深情地写下"管弦和雅听南音，唐宋渊源大可寻。不意友声来海外，喜逢佳节又逢亲"。2009年10月1日，"南音·泉州弦管"被联合国教科文组织列入《人类非物质文化遗产代表作名录》。生在海外的闽南人听不懂歌词，但那曼妙缠绵的旋律却叫人陶醉。张同学唤来铁观音，旅游在外担心难以入眠，只饮一杯便喊停。后来知我每日无茶不欢，结束观赏南音表演后，张同学带到他家茶店去品尝新来的红茶。

红茶不影响睡眠。张同学频频劝饮。喝了琥珀色的茶汤后，我说，从没喝过味道如此醇厚且有桂圆香气的茶，很喜欢。这是新品种，张同学说，刚上市不久的红茶。没有想到的是赞赏过后即刻感受到亲切的闽南人热情的待客之道。隔日张同学亲自把茶送到我晚餐的地点。拒绝无效，拎一大盒茶上飞机，回家才晓得茶名金骏眉。这名字便镌刻心中，不仅是茶的味道，而是茶中的友谊。从此以后，听见看见喝着金骏眉，特别想念泉州和泉州的张同学。

时间像河水，从未停止流动，从泉州走到漳州长泰龙人古琴文化村的水边茶室，爱茶的人不曾停止喝茶，四处开会旅游，在不同国家喝不同品种味道不一样的茶，岁月充满茶香味。积存在记忆中的好茶，往往不纯粹是茶之味，温馨美好的人情让茶添加了记忆的甜美和重量。古琴村村长带来福鼎白茶的叶先生，罗老师为我们冲泡离开古琴村之前的一道茶，正是福鼎白茶。

红绿黑茶都喝过，白茶比较少听说。相对之前的那些红茶，这杯福鼎白茶味道清淡，作为第一杯或是最后冲泡的茶最为理想。第一杯是口中无茶时，它作为起杯之用，让人隐隐感觉到茶味，然后再品尝其他重口味茶。当喝过其他有香气或味道浓厚的茶之后，最后来一杯清淡白茶，正好洗去口中的馥郁和浓郁，让口又回到未喝茶前的"空无"。这样一来，虽然喝过茶了，却是来时空空，去时也空空。

清淡才是真味。白茶性清凉，有消暑降火效果，相比其他茶类，白茶的自由基含量最低、黄酮含量最高、氨基酸含量平均值高于其他茶类，这就可以降血压降血脂降血糖，又可抗氧化、抗辐射、抗肿瘤等。村长陪我们喝茶，一边与我们说白茶之好。说完叫人拿来白茶，一人赠送一袋。

热情的中国人有个习俗，就是请客时，客人说好，主人立马到厨房叫被赞好的菜再来一盘。中国人请客人喝茶亦如是，你赞好，就一直冲泡让你的好暂不离开，不离开到什么程度呢？把茶送你，让你回家后，继续有好茶喝，继续想念主人的好。中国茶因此也和中国人一样，总给我一种"与君初相识，似是故人来"的感觉。一如这水边茶室，虽第一次来，不知为何，有种曾经来过的熟悉感觉。

我站在水边，跟圆润的石头说再见，下午四点多，石头上的影子变得更长了，石头不言语，边上的桂花树，叶子被风吹得飒飒响，是在与我道别吗？明年桂花开的时候，我一定再来，来喝有桂花味道的中国茶。

醉槟榔

中国学者听说我来自槟榔屿，好奇地提问："来自槟榔岛的你，是否也吃槟榔？"

这问题对我很陌生，也许可以用很清新来形容，住在槟榔屿的我，和很多槟榔人一样，脑海中不曾想过"吃槟榔"这回事。

学者告诉我，清朝时，槟榔是属于皇族和官家的零食，以槟榔子做成蜜饯，放在精致的槟榔盒子，宴会或交游时，当成礼品互相馈赠，到今天湖南还有槟榔蜜饯。这个对我确实新鲜，听也没听过。至于在海南，槟榔的吃法是先把槟榔子削成瓣状，包在栳叶里，配上石灰膏和烟丝，放入口中咀嚼。学者听吃槟榔者的经验谈："越嚼越香，并有提神作用，感觉颇似喝酒，令人脸色发红而精神焕发。"据说，学者强调据说，常吃可防病、治病，尚有美容功效。这叫某些族群同胞将槟榔当成健康长寿食品。

我的记忆跟着学者叙述的槟榔故事回到台湾。20世纪80年代到台湾探望在那儿念大学的弟弟和妹妹。过后参加环岛观光时，开着旅游车的年轻司机样子忠厚老实，听他说话学历应该不高，可为人爽快，一路上滔滔不绝给我们介绍景点以及当地的美食。

从他的语气和言词，便很清楚他极爱这个土地。每个景点介绍过后，就要加一句："台湾很漂亮，是不是？"美食吃了，他自己先陶醉："真的很好吃，你们说对吗？"还竖起大拇指做美味可口的赞扬姿态。对海外华人的亲切从他言谈间不停流露："台湾既美又好，你们要记得常回来呀！"这是第一次听到有人用中文说"回来"，眼泪马上盈眶，恰逢冬天，热带来人层层加衣，穿得很厚，不习惯寒冷的气候，可年轻司机口里的温馨让人添加暖意。

半路停下休息时，我们自洗手间出来，发现司机竟然吐血了！一地血迹斑斑，我们面面相觑，不敢当面说出口，却一路替他担心。他似乎毫不在意，可是，我们清楚地看见，他的嘴角，牙缝都有鲜红血迹。后来他把车子停在路边，说等我一下。待他走回来时，只见他嘴巴不断地咀嚼，好像很享受那滋味。上车后，他从身上掏出一颗什么东西，问，"你要不要尝尝？很好吃的。"旅游期间，向来好奇的人，无论什么东西却只想了解，绝对不轻易放进口里。"这，这是什么？"慷慨的司机充满鼓励："吃一个，你吃一个看看，味道很好的。"然后才回答"这是槟榔"。

同去的其中一人是敢死队队友，尤其关于吃的，什么都不放过。他拿过来看一眼，就放进嘴里，等他嚼了一会儿，问他什么味道？他继续咀嚼，努力再感觉了一下，说："怪怪的，有点辣，有些涩。"低声批评，"不好吃。"

后来我的台湾朋友告诉我台湾人吃槟榔的方式，把槟榔的果蒂剥去，切除较老的部分，再以带有胡椒香气的栳叶，把搅匀的石灰涂在叶上，卷起来，放入切开的槟榔中间，一起嚼食。这三种物品混合后即呈红色，所以吃槟榔的人，吐出来的不是血，而是咀嚼后的槟榔汁液。咀嚼槟榔可令血脉贲张，暖洋洋如喝薄酒，具提神作用，许多长途车司机就因为这样养成习惯。

血红色的槟榔记忆继续向前走。

小时候住在马来人的"甘榜"，"甘榜"是马来文，意思是村庄，但这里其实是离城市一步之遥的聚集一些马来人的一个小区。我家正好和一户马来人同一个院子。华人住前院，屋旁短短一条小径，沿着种满五颜六色鲜花的篱笆走过我家后门，便看见马来人阿侬家的前门。

屋子有两层楼，楼下空间摆置杂物，通常摆着木柴，煮食用的火烧柴。楼梯旁边有个小水缸，谁要上楼都得先脱鞋，然后用椰壳勺子在小水缸里盛水洗手洗脚，才可到楼上前厅。

阿侬的妈妈时常坐在前厅吃槟榔，笑着叫我们，来坐来坐。说的是马来语，有时候也以闽南话叫我们别客气，上来坐，但她懂得比较少，不像阿侬，和我们完全是闽南语沟通。

阿侬家是伊斯兰教徒，到后来，我才清楚，他们也不完全是马来人，而是印裔伊斯兰教徒，父亲是印度人，母亲是马来人。在马来西亚，凡嫁/娶伊斯兰教徒，你就必须成为伊斯兰教徒。伊斯兰教徒一天祈祷五次。作为小孩的我，跑到他们家玩去，遇到祈祷时候，便静悄悄地站在旁边看他们跪拜，一种神圣的感觉叫小孩也悄然无声。纵然只是在家中大厅举行祷拜，但穿着白袍戴上头巾或叫"宋谷"的伊斯兰教帽子，仪式顿时变得肃穆庄严，无知的小孩在一旁听他们喃喃念着伊斯兰教颂经，根本不晓得在念什么。祈祷的人是阿侬和他的父亲。他们家就只有两个男人。母亲和他的两个妹妹多数时间不在大厅。厨房才是她们的所在地。

鼻子很高的母亲人也长得高，双眼皮的眼睛非常明亮，长形的脸，下巴尖尖，上扬的嘴角可能是常带笑容的缘故，总眯着眼睛叫我们坐下坐下，如遇颂经时间，她会以一根手指比在她抿着的双唇，叫我们保持沉默，不可说话。多数时候仅在胸前围一条花纱笼，像长袍一样直到脚踝，不穿上衣的母亲，不在厨房便坐在前厅地板上，双脚莲坐，面前摆一个槟榔盒。小孩看槟榔盒，犹如一个玩具，有点像玩家家酒。长长的铜质槟榔盒上，一排有盖的小杯子，很喜欢一个一个打开来看。阿侬的母亲先把一瓣槟榔放在一张栳叶上，然后打开小杯子的盖盖，用一个小匙，每个杯子里的白色红色调味料加一些，把槟榔包起来，放在嘴里咀嚼。一直到我去台湾以后，才晓得阿侬的母亲在槟榔上面加了什么东西，也明白阿侬母亲永远红色的嘴唇和牙齿的原因。

网络时代增加了我对槟榔的知识，原来印度人爱吃槟榔，最佳搭配是栳叶和石灰。印度人也是将槟榔果取出切碎，加了石灰，用栳叶包裹后，放进口里咀嚼。说是味道刺激，有提神作用。另有一说，"从医学角度看，具有一定药用价值，可用于帮助治疗气管和肺部疾病。栳叶与槟榔搭配，将会极大刺激唾液腺和嘴巴的黏液薄膜，让人在炎炎夏日感到清凉"。不过，有一点要注意的是久吃会上瘾。

现在回想起来，我应该是搞错了，如果根据体型和外貌，阿侬的母亲应该是印度人，难怪她有嚼食槟榔的习惯。她轮廓分明的脸，可以入画，而且体形高，眼睛大，只是因为她和我们的对话一直是马来语，我就把她误为马来人。

中国学者还特别告诉我说，苏轼写过槟榔诗，"两颊红潮增妩媚，谁知侬是醉槟榔""暗麝著人簪茉莉，红潮登颊醉槟榔"。诗写得美，但我想，这不表示鼓励大家吃槟榔吧。

茶与心的对话

喝茶谁不懂呢?

泡茶也许比较难。不同的茶叶选用不同材质的茶壶,以不同沸度的水,冲泡后应该停留多少分钟让茶泡出味道后倒出来,才能够喝到味道最好的茶汤,都是学问。

喝的人最容易,举起杯便饮下。

在不晓得泡茶有讲究的时候,随便喝茶自认随意潇洒。当喝茶时间长了,接触茶人日子久了,喝茶如果仍旧采用牛饮的态度,那不只对不起泡茶有讲究的用心茶师,也对不起好好的一杯茶,还有种茶的人,还有自己。

那个晚上"云水茶会"的主题是"流年堪忆·茶与心的对话"。佛教有云水僧,指的是无一定居所,或为寻访名师,或为自我修持,或为教化他人而云游四方的僧人。佛家说的云水有两层意思,一是四处游方的僧人就像行云流水,自在无碍;一是指僧人如云在天,水在瓶,无所牵挂,无所束缚自然地生活着。茶会要我们学喝茶,喝茶的同时要我们思考,人生应该如云如水,让过去的过去,让现在的现在,让未来的未来。都不执意,都不执着。

茶开六席，赴会者抽签，我抽中了自白茶席开始。自觉幸运，从味道和汤色同样清淡优雅的白茶，到鲜嫩绿黄稍苦微香的绿茶，然后金黄明亮沉稳内敛的炭香味黄茶，再到蜜绿色韵致温和微苦回甘的青茶，接着来一杯温和滑溜顺喉朱红色的红茶，最后结束的那一杯是煮出来的陈香醇厚令人回味的黑茶。

从最清淡到最浓郁，每一种茶各有其独特的风韵。

喝茶如果一口干杯，像喝白开水，那就不需要泡茶煮茶，不需要花时间等待茶叶发开，让死去的叶子重新复活，不需要等待观赏茶汤的颜色，美丽的淡绿金黄朱红，更不用闻嗅茶汤的松烟味桂圆味花香味，然后，你永远也品尝不到富有香甜的醇顺的舒爽的或是绕舌不散的底蕴的茶香。

后来听到茶师说，喝茶分季节。春天喝花茶，夏天喝绿茶，秋天喝乌龙茶，冬天喝红茶。黑茶白茶则四季皆宜。

喝茶也许不必过于讲究，但是，如果每天都在喝茶，却从来没有用心喝过茶，那么可惜了茶，可惜了泡茶师的心思，也可惜了你自己的心。

赴一场云水茶会，明白了喝茶不只是喝茶，而是找个时间和空间，让茶与你的心来一场对话。

茶之必要

　　家里一直有喝茶习惯。每日清早冲一大壶，搁着，随时倒一杯，一日都在喝茶。同时，也有一大壶咖啡，什么时候想咖啡了，就倒一杯。是喝，茶与咖啡都当开水一般，作用是解渴多于品味。茶没有调味，是原来的味道，尚未经过岁月加工洗礼的人不懂欣赏。加糖的咖啡入口是甜的，因此受小孩欢迎。往往一壶咖啡半天就喝完，茶到晚上还在喝。那个年代，纯朴到没听过茶叶不可浸泡过久，也不晓得茶与咖啡对睡眠产生的不良影响。无忧无虑的童年时期，不管几点，茶和咖啡照喝，夜里躺在床上，哪有失眠这回事？喝什么都照样无梦无想，一觉到天亮。

　　不懂茶的好处，或坏处。更不知道茶的名称，平常泡的茶，在巷子口那小小的杂货店买的，称斤卖，一次一大包，每天冲一壶，也很快喝完。有时候见到家中也有小包装茶，一次冲泡用一包，那米白色的包装纸上以红字写着"集泉茶庄铁罗汉"，后来才知道这是创建于清朝乾隆年间的惠安茶厂出品。那铁罗汉可是原籍惠安的父母心目中的神茶，要特别收藏。须待家里谁伤风感冒、天热中暑、消化不良，才拿出一小包来，用滚烫热水冲下，小小的壶，杯盖盖上，闷它五到八分钟，打开一看，黑褐色的茶汤，趁热一口喝下，苦苦的味道，再冲个三五遍，浓郁的茶汤逐渐变淡褐色，仍继续喝，这样一包茶叶，冲三五次，茶汤颜色益淡，味道已经不是茶而像开水也照喝，可病就好了。不必看医生，不用吃药，"铁罗汉"因此珍贵无比。一回读书，"《神农本草》里说：'神农尝百草，日遇七十二毒，得茶而解之'。其实，茶也是药，药也是茶，二者本来没有区别，只是后来人偏重于做饮料而忘记茶也是药，但实际上喝茶也就同时具有药的医疗和保健作用"。然而在海外的我们是在无意识下喝茶。解渴的粗茶一直喝到20世纪80年代末，日渐接受西洋红茶。在成长的过程，同学和朋友们相约喝茶是常有的事。可我们这里的下午茶，说是喝茶，事实上更多时候是喝咖啡。1957年马来亚独立，英国殖民政府的人走得七七八八，其余小部分留下，同时留下的还有他们的下午茶时间。约会的朋友总说：走走走，去喝茶。真的到了茶室，坐下来，一人一杯咖啡，有的加糖有的加奶有的层次更高，喝什么也不加的黑咖啡。一如这里的茶室，名称叫茶室，提供客人的是西洋红茶和咖啡。

加奶的西洋热红茶也曾经一度颇得我心，味道香滑得叫人来不及待凉，喝多了嫌它过于甜腻，但仍喜爱茶的清香，于是改喝蜜糖红茶，蜜糖的清甜不抢红茶的香，喜欢清心的感觉，很长时间每个下午来一杯红茶。

英国人喝茶历史有300多年，似乎也不算短，认真说起来没法和中国相比，可是迷茶的人倒也不少，18世纪的文学家塞缪尔·约翰逊在文章里自认："与茶为伴欢娱黄昏，与茶为伴抚慰良宵，与茶为伴迎接晨曦。典型顽固不化的茶鬼。"爱酒的人自比酒鬼，迷茶的他自喻茶鬼。英国有首民谣，把下午茶的重要唱得一清二楚："当时钟敲响四下时，世上的一切瞬间为茶而停。"英国人爱茶成痴，但是开始把下午茶习惯带到英国的是一个葡萄牙公主凯瑟琳。她在1662年嫁给英王查理二世，陪嫁品竟然是221磅的红茶和精美的中国茶具。这嫁妆名贵之极，因为不种茶的英国，在那个年代，红茶的价值堪比银子呢。真正推广英式下午茶是在19世纪40年代，一位名叫安娜玛丽亚的女伯爵，每天下午泡壶红茶，吃些点心，并邀请友人前来共享。那些富豪家的妇女享用过午餐后无所事事，社交晚餐时间要晚上8点才开始，于是，纷纷仿效安娜，选择在下午4点喝杯奶茶，来些配茶的小点心，再配上东家的长和西家的短，打发无聊时光，也有品位层次高些的，在喝茶时间说诗歌谈小说或听听音乐欣赏绘画，享受轻松而有情趣的优雅生活，下午茶时光就这样在英国的上流社会流行起来。

在槟城的下午茶时间亦是4点。选择多种多类。平民式的到咖啡店叫来一杯咖啡，或奶茶，然后两片烤面包，涂抹牛油和加椰（由椰奶和鸡蛋加糖炖成，等同英国人的果酱），也有高级到去酒店餐厅吃"HIGH TEA"茶点，时间是下午2点至5点，这里的HIGH TEA有茶有咖啡，小点心选择多样，各类三明治、各式小蛋糕、小面包和比萨，还加本地特色的炒米粉、椰浆饭、印度飞饼等，由人自选心目中的美味点心，有些忙人来不及午餐，把这下午茶当正餐亦可吃饱。后来流行英式下午茶，购物商场里边的咖啡厅把小店布置得叫人感觉置身英国或法国，碎花布桌面，桌上插鲜花，洋气的壁饰，精致的茶具，侍者双手捧来三层的点心盘。底下一层各式三明治，中间层是传统英式小饼和司空饼加果酱和牛油，最高一层是几种小蛋糕和水果塔。吃英式小点心的下午茶很有讲究，先吃底下层的咸点心，再吃第二层的饼干，最后才是甜点小蛋糕。有人很享受这精致下午茶，甚至为这下午茶时光换一套盛装。因此可以看到，装饰浪漫的咖啡厅，精心打扮的客人，悄声说话，细细笑声，小口喝茶，小口吃点心，享受闲情逸致的感觉多过满足口欲的吃喝。

英式下午茶满足了英文教育的人，他们可能有回到祖家喝茶的感觉。受华文教育者，对中国茶却情有独钟。曾经看过英国著名诗人拜伦的诗句里写"你还在心情忧郁吗？那就去喝中国茶吧"。可见中国茶同样有抚慰心灵的作用。林语堂也说过意思相同的话"只要有一只茶壶，中国人到哪儿都是快乐的"。

从小跟着祖辈喝惯粗茶，不觉什么不好，一边喝着，心底里告诉自己，这是来自中国的茶，就有一种心满意足，也不苛求味道，一直到遇见懂得茶道的朋友。

喝茶原来不是那么简单，清早冲泡一壶，口渴了倒一杯来喝。真正要喝茶，需要一道又一道的程序。先选茶，再选茶壶茶杯，然后还继续选，看什么茶叶用什么水，煮开后，还要注意水的温度，不同的茶叶以不同水温，冲泡的方法和时间也有讲究，那样花时费神泡出来的一杯茶，不许一口饮下，先观其色，察其形，再闻其香，然后"一杯茶分三口，第一口试茶温，第二口品茶香，第三口才是饮茶"，恍然大悟之余，也明白了这一路来的喝茶，因喜欢热茶，往往一饮而尽，这本来含有欣赏主人的茶的意思，真正品茶人却笑说"你这叫牛饮"。

只好微笑，这么多年像牛一样饮茶，还敢大声告诉人家我爱喝茶。谦虚的人从此用心学习。每次喝茶，都搞一趟仪式，无比神圣地，专心泡茶，专心喝茶。讲究的不仅茶叶和茶具，越来越入迷于如何更上一层楼的精致，才能让茶道达到最高境界，最后还提升到：场地、气氛和一起喝茶的人。应该得要过上"谈笑有鸿儒，往来无白丁"的喝茶生活才叫高雅，于是，一边喝茶，一边和茶友把佛、儒、道、诗词、绘画、音乐、哲学等作为交流的内容。长期下来，感觉自己把喝茶这回事当成艺术来看待也很好，尽心享受喝茶的意境之美，全情陶醉在茶水的韵味之中，吸收了茶友的修养和学问。提高喝茶的层次等于提升个人的文化品位，不能不承认这一段喝茶日子确实从茶道中学会了不少有关茶叶和其他层面的知识。

生命中的变数有时候非个人能够掌握，意外的意思是意料不到的事情发生，突然地茶道从此停留在北方，停在这里。

搬迁的时候尚带有期待，后来终于明白憧憬就是永远无法实现的幻梦。换了一个地方，换了一批朋友，也还喝茶，只不过变成自己一个人冲泡，一个人喝。也许之前投入过甚，用完了心思。后来不求甚解地喝茶，就像不知道这音乐是谁写的、谁弹的，但听着就是好听一样，不知茶的名，也喝了不少味道好的茶。

之前因为爱茶，朋友们都听说了，结果见面时纷纷送茶来。红茶绿茶青茶黑茶白茶家里都有，本来味道就很好的茶，加入朋友愿意分享的相赠情意，有人问你平常都喝什么茶，我把这些添增了友情的茶，全部命名为情意茶。

每天都浮沉在情意茶之间的我，深刻地感受到我的幸福，也深刻地感受周作人喝茶"得半日闲，抵十年尘梦"的喜悦。茶的味道虽淡，却可以清心。忙碌一个早上以后，给自己泡壶热茶，坐下来，拿本好书，开始读书喝茶。时光即时变得恬静、缓慢、自在。不再苦苦追究茶的名，不再表演般地去做泡茶的仪式，就是简简单单地泡茶、喝茶。

喝茶，喝的其实是悠闲和从容的心情，而悠闲和从容，是进入自己的心的一把钥匙。

戏麻捞柴火灶炝肉

18℃的秋日黄昏，如果穿得暖和些走在路上，没有风吹拂，感觉不是那么寒冷。坐在摩托车后座上，摩托速度不快，秋风掠过来，寒意森森中，黄昏的灯火闪烁着往事的回忆。莆田不是第一次来，莆田食物也不陌生，可是当小卢问我吃过"什么什么灶长肉"吗？我说从没听过。在回忆的网里搜索半天，捞不出来他说的究竟是什么？一种小食有那么长的名字，也算不多见了。

是我要求吃小食的。出门在外超过半个月，几乎每一餐都在大酒店或大餐厅，纵然小心控制着仅选蔬菜水果，其他少入口，仍觉得自己快达致油腻不堪的无法忍受程度。摩多车停在树下，抬头一看，原来是"黑8柴火灶炝肉"。每个字我都认识，加起来成为食物名字时，竟变成看不明白的东西。

小卢问我选什么小菜，小盘小碟的有好些个选择，我看一看说苦瓜和花生。其他我不懂怎么叫，干脆让小卢费神，特别交代不吃牛羊肉也不吃内脏。坐在木制的瘦长凳上，四方桌有酱油、辣油等调味。开始打量这家有趣的店。墙上挂着莆仙戏的脸谱，还有图片介绍莆仙戏的历史掌故。角落和中间柱子分别悬着电视，电视里正在播放莆仙戏，虽然对传统戏剧不太了解，但从荧幕上众多英气飒爽的女将也看得出来正在演的应该是《杨家将》。墙上贴有莆仙戏的海报，主题却不是戏剧，而是海报下边贴着说明的"戏麻捞炝肉百年传承"。

你问我懂中文吗？我当然懂。但这"戏麻捞炝肉"究竟是什么东西？小卢捧着三小碟小菜，原来他自己还加一碟肉碎和着梅菜碎。后面跟着有人捧来两碗有肉有葱花的汤，还有两碗饭。"这就是柴火灶炝肉。"小卢介绍那碗满是料的热汤。巧合的是悬在墙上的电视突然转换成炝肉的制作过程："用新鲜猪肉，必须是五花肉，切薄片，用秘方调味，经过柴火灶烧的滚烫汤水，将调好味道的肉沾好淀粉放入汤水，再加入由手工制作的豆腐捣成豆腐泥，豆腐泥里加入香菜和花生调味，搓成豆腐团沾淀粉后也放进锅里和炝肉一起煮，上桌前洒葱花和香菜。"

每个人还有一碗白饭，饭里加上豆子一块煮成。小卢把梅菜肉碎倒一半在米饭上，然后用筷子示范"一定要加这个，就这样搅匀后一起吃，非常香的"。饭里有豆子是因为"单是米饭太贵了，从前穷呀！加些豆子可以省点钱但吃得饱"。小卢索性从头说起："戏麻捞"原来是"戏台脚"的意思。从前缺乏娱乐，人们时常徒步很远地走到另一个镇上，只为看一场戏。为了方便看戏的人，就有跟着戏台贩卖食物的人，通常卖得很便宜，小孩五分，大人一角，就吃得大家心满意足了。当年应景而生的独特美食"戏麻捞柴火灶炝肉"，讲明了就是在戏台脚诞生的。

店内柴火灶上边，简笔画着传统莆田人的生活，包括戏台和煮炝肉的过程。让人边吃边体会莆田人的过去。柴火灶前的厨师，以手工亲自在制作原汁原味的炝肉。稍带寒意的黄昏，吃着一碗热腾腾香喷喷的柴火灶炝肉，品味汤清味鲜，柔嫩香滑的炝肉，感受到幸福其实很简单。每天餐厅里的山珍海味固然名贵美味，但小卢带我来品味的，不单是戏麻捞柴火灶炝肉，而是老莆田人集体的味觉记忆。

从此以后，莆田给我的回忆，多了一个柴火灶炝肉。

九份访旧

"我们去九份吃出名的鱼丸和芋圆。"贴心的年轻小友特地安排"先到瑞芳老街,多游一个景点"。那是台湾铁道之旅的其中一站,和九份在同一条路线。

列车抵达瑞芳站,下车时雨跟着下来。两排老建筑中间,有一座不高的青山和不笑的天空,冬雨绵绵像丝线飘落身上。不习惯带伞的热带来人,看着不大的雨不放心上,但越走越湿答答的感觉破坏了瑞芳印象,再走几步路过交通灯,到对面7-11买伞后才开始瑞芳之旅。五人共用三把伞,懒惰的人自己不撑,时在别人伞下时在雨中,不在意被同伴酸说有人真诗情画意哟!

走路时乖乖不淋雨,遇见美丽景物便忘记雨会淋人。无华的老街好多小吃店,还有一座精雕细琢的小庙叫雷声坛。一对狮子守望庙门口,一对灯笼发出红色亮光,四对青龙攀在庙顶上看我们行过。

留下不少时光痕迹的双层房子有骑楼,有露台,露台上花儿盛开,残旧外观意味着岁月的沧桑。地上有水不好走,脚步缓慢地踅个弯,小小门面的明美书店外头挂一把红色雨伞,左侧墙上牌子注明"经销高中国中小学参考书",书店楼上是住人的吧,露天的楼梯建在外头，台阶墙上一丛丛茂盛的绿叶因丰足的雨水长得油油润润。整个地方叫专爱取材街景的画家一旦看见，肯定要住上几天画几幅画，不像我们逛着逛着，就快到大街中心的车站了。

经过瑞芳高工，一条老铁路在转角处等待我们。建在路中间的铁路，倘有火车经过，两边栅栏便降下，挡着不让路上的车子和行人穿越，避免危险的栅栏这时高高矗立在路两旁。低头看见铁道下边铺满漂亮的不规则小石子，还有把我们从台北带到瑞芳的齐齐整整的铁轨，远远的铁道中间有一盏灯，像巨人的红眼睛，亮晃晃地，仿佛有列车开来，但没有声音，只有雨点滴答。我伫在路中央，拍摄我的鞋子、铁轨和石子，刚拍好，一个警察朝我走来，忐忑不安像小学生犯错一样的心跳加速，难道不可以拍摄铁路吗？警察先生拎把雨伞，同我微笑说：下雨了，我来遮你过去对面吧。站在对面等我的同伴们瞪大眼，一副不肯置信的表情。到了对面，感动的人问，可以拍张合影吗？警察和蔼可亲地回答可以呀。三个年轻女生很懊恼地帮我拍照，和英姿勃发的警察先生挥手道别后，她们更加沮丧地一致赞赏，他很英俊呀！获得和警察合影机会的人得意地在瑞芳市区拍了龙严宫，一座比"雷声坛"大很多的庙，门口两根石雕龙柱子不上色，庙的样式颇有古意，庙外正中还立着左右雕有两只金龙的插香炉。很快便到市区中心，街上两排全是小食档，而且皆为老档，祖传三代正宗老店龙凤腿，对面卖番薯饼，都是油炸的。用不着走进挂着"生意兴隆"和"财源广进"的美食街，在街上买了年轻人要的龙凤腿和我的番薯饼。一上计程车就问司机可以在车上吃东西吗？载我们上九份的司机说，快吃快吃，冷了渍油味道变不好吃。

冷天捧着热食物，还没尝味道，手中微烫的感觉已经叫人胸口暖和，司机的回答更添温馨。玻璃大镜的划水忙碌地左扫右刷，山路略弯曲，景物被水光雾色氤氲得朦胧湿润，突然一座庙出现，司机说到了。停在车站时雨仍在下，打开雨伞，前边便是商业街入口，全是人，而人手皆伞，把墙上的黄金山城九份金色字几乎都遮了去。

曾经去过上海北京看人头，就不能说九份人很多，但站在商业街口无法向前走，人贴着人，后边的人跟着前边的脚步移动，穿过雨伞和人头去看两边店铺，有点难，地上的湿滑明显是下了一日雨的结果，索性低头走路。路上人多，店里吃的人更多，这画面叫座无虚席。雨像天公在童心大发，顽皮地不停在倒水，伞群之下缝隙间水不留情倾下，早上洗的头发下午再经一次重洗，有点狼狈。著名景点人多很自然，过量却叫人叹息吃不消。

这和我记忆中的九份有极大差距。印象中的九份，有雨，但没有人。

那个时候是不出名的九份，诗人自己开车，冬日天黑得快，不到六点，街灯呼朋唤友地亮起来。不熟悉这气候的人，不习惯那么夜还去观光，在车上重复问：会不会太迟？路两边昏暗，车子过了市区开始爬坡，山峦起伏的路蜿蜒弯曲。车泊下来，朦胧的山在云雾间若隐若现，呵一口气竟吹出了水雾，像抽烟的人吐出的烟圈，很有趣。寒意却马上来袭，打了个寒战。诗人把身上的外套脱下，叫我赶快穿上。

月色下的九份，红色灯笼远远地，这边一个那边一个，走近了看，是小食店。山坡路上人影寥落，档口小小的锅冒出热热的烟，诗人说我们先吃点东西。我说刚吃饱。那就先去看小楼。诗人特地载我来看他不久前购买刚装修好的小楼。九份的房子门面都小小，诗人开了锁，进去是二楼，墙上挂着诗人的收藏，来自世界各地的面具。诗人把我带来送他的面具拿在手上，现在就挂上去吧。他把其中一个拿下来，换上我的手信。我个人不喜欢面具，但知道诗人喜欢，来之前正好去东马演讲，选了一个看起来不那么可怕的土人面具。空间不大，一张可以倚躺的藤椅占去半个客厅。"你坐，我去泡茶。"诗人开始忙碌当主人，客人就在躺椅上享受九份的夜景。一片大玻璃外灰蓝色天空没有星子，水里和山下不够璀璨的点点灯火让人有做梦的诗情画意。这朴素的山镇像我们朴实的友谊。喝茶看海，聊着文学朋友的故事，时间用飞的速度过去。

到楼下参观诗人收藏的艺术品后，出来把门锁上，诗人说这回太匆忙，下次来住。我说好。走过忽明忽暗有台阶的山路，诗人带我到一间小店，买了两块试金石送我带回去。当年九份出产黄金，挖出来的矿石要在这试金石上磨一磨，才能确定是否有黄金的成分。为此我写过一篇散文《试金石》。回市区前，诗人坚持要先试试九份的招牌小食。在试金石隔壁一家庭式小店，诗人叫来两碗热食物，咸的是鱼丸，姜汁甜汤里浮沉的是芋圆和番薯。这是我第一次吃芋圆，因为喜欢，一直记着这名字和味道。

年轻小友带我们到一个有大玻璃观海景的芋圆店，叫来的也是芋圆番薯，可以边吃边观景。海景照样不变，灯光仍不辉煌灿烂，九份的感觉和芋圆的味道却不一样了。也许上回的芋圆是装在陶瓷制作的厚实防烫保温八角碗，这次餐厅提供轻薄方便用后丢弃的一次性保丽龙碗。商业进驻黄金山城之后，欣赏风景需要的安静也消失了。

再到九份的收获是，九份最终遗失了它最宝贵最迷人的幽静和缓慢。

北方的广府古城

　　起初听闻广府古城，祖籍在南方的海外游客诧异，北方也有广府古城？照理应该在广州才是呀。南洋人叫广东人为广府人呢。原来位于河北省邯郸市永年县的这个地方，明清时期曾为广平府治所，故称广府，仅是地理名称，和广东人毫无关系。

　　抵达永年县先到杨露禅故居。广府古城又被人称"中国太极拳之乡"，太极拳两大门派创始人杨露禅和武禹襄，不约而同选择了永年县。一进门便见杨露禅头像，胸前摆个小小的红色香鼎，是插香用的吧？只是红鼎旁边还摆个更小的陶鼎，不知是何用途。导游带一群人去看杨氏太极拳表演，便找不到人询问。旅游时刻，为什么事事追究答案呢？带着"往后再也不会来"的遗憾吗？就算没有下次，疑问也可留下吧。

　　迎面而来的黑白太极图案照壁前，寥寥数朵粉红色的月季开着小小的花，转进去，主屋前左右两边长形花圃内绽放在阳光下的月季才叫茂盛艳丽。月季是邯郸市花，之前一路上时常相遇，模样长相太过相似，多人误会是玫瑰。门上高悬"杨露禅故居"匾额，左右柱子对联"手捧太极震环宇，身怀绝技压群英"说明杨氏太极闻名遐迩，功夫深厚。慢来的旅人走到后院，几个同团作家正和表演拳术的太极师父一起练习。说是为宣传的表演，也达到推广的效果，在月季花的芳香中看过"活的雕塑，流动的音乐，体育运动的阳春白雪"后，便有作家决定返回居住国马上找太极师父学习，也有询问如何安排师父到海外教学。

穿过后门行去竟是游船码头，铺满一墙的大幅图片说明：早在战国时期，古人把这赵国属地称为"赵氏龙脉"所在地，1999年国土资源部拍摄的照片显示，这儿生长的芦苇荡群和水路，天然形成图形似篆书的"龙"字。可能不是推崇迷信，只是招徕游客的一种说法。另外还立有个招牌叫"陈臭饭店"，说是广府特色的水上餐厅。不晓得能否吸引好奇的顾客，但我本人并无想去一试的意愿。

湿地的芦苇荡船游在众人惊喜的表情下展开，不在行程表里的安排却大受欢迎。凉风习习中碧波荡漾，雨丝若有似无，芦苇婆娑摇曳，倏地一群雁鸟在空中划过，大家顿时通通摇身一变，成摄影家。舒服的水上船游总叫人依依不舍，皆嫌时间过得太快，脚步因此趑趄不前。要去的景点还有很多呀。导游提醒。

终于看到建于明代并保存完好的古朴典雅老城墙，古城东南西北四门外原各有一座瓮城，后来为了城市发展牺牲了南北两个瓮城，幸好古城保护意识醒觉过来，现在尚存东西两个。宽阔的护城河环绕着城墙，游客须下车步行过桥，古城墙以"广府城"三字迎接客人。护城河畔的小路两旁，摆着许多算命看相档口。简陋的小椅小桌，有的还插一把太阳伞，有人真的坐下来算命，经过的村民索性停下单车在一边观看。头戴帽子，下巴长白胡子的算命先生手指着相书在说着女客的命运。束着长发的桃红外套女人视线盯在书上，两个男人一坐一站，陪她看命中注定的未来究竟是怎么一回事。

阳和门外说明这乃东门，先让一辆载游客的电瓶车出来，再穿过500年前明代两扇铁皮铆钉的高大城门进入瓮城。城墙上挂满排排的红灯笼在风中摇晃，不是过年也不是过节，想来是当地居民对开发"北方神秘古城"的向往和期待，祈求古城恢复当年繁荣面貌，盼望旅游业红红火火，老街重绽当年光彩。自瓮城要进入古城的墙上，紧紧贴着一棵槐树，似乎只有上半截，一串串白色的槐花无声而热闹地在蓝色的天空下绽开。

北方邯郸永年县的广府古城，最早叫曲梁城，后来称卧牛城，又因为环城的河经年累月地流，就叫水城，杨氏和武式太极拳在此发祥，故人们又称太极城。一个城居然有这么多名称！可见广府古城之历史悠久、文化深厚。在暖暖的阳光下，步上坐落于面积达4.6万亩的河北省三大洼淀之一的永年洼中央高10米、宽8米的古城上，环顾周围，周边环绕着长约5公里的护城河，流动的河水异常干净。一直喜欢有河的城市，有河，城市变得活泼灵动，优雅有致。柳树的叶子在风中轻轻飘荡，看不见翻飞的叶子，却有一片绿色的韵律在岸边飞舞，河面的水静静地流动，城墙上的人仿佛听到有音乐响起来。沿着岁月沧桑的青石砖往前走，指示牌告诉游客这里还有清晖书院、贞元门（北门）等，可是，伫在城墙上望去，气势如此恢宏，清清河水不只护城，还流向4.6万多亩的洼淀，再俯瞰周边错落有致的老房子，绚丽壮观的自然风光叫海外游人目眩神迷，流连忘返。同来的作家几乎都走光了。后来在网上阅读：汉朝时期，汉武帝立赵偃为平干王，平干王国即是永年县，喜爱文学擅长经史的刘侹，注重教育，广设书院。同时也喜爱游览的平干王列出著名的平干八景：稻引千畦、荷香十里、聪山蕴秀、滏水流香、毛家高峰、夕阳晚照、魁阁凌云、龙潭风雨。当年这里也是达官显要，文人墨客喜爱的景点，唐代诗人李白、晚唐四才子之司空曙，元代名相王碧、清代郑板桥、清末直隶总督方观承等都在这儿留下许多诗画。边读边叹息，要是我早知道，可能还再逗留得更久一些。

城内面积1.5平方公里，30多条街道，我从古城墙下来的时候，部分作家已经进城内购物又出来了。广府古城的观光，只见到城墙和周边风景，城内到底是什么面貌呢？且留待下一回。

始筑于隋末，已经有2600多年的古城，一直被人遗忘，就像毛遂，读着成语"毛遂自荐"时，从来没有想过谁是毛遂，却真的就来到了战国时期赵国毛遂的封地。毛遂是赵公子平原君的门客，吃了平原君三年的饭，没机会突出自己，后来自我推荐出使楚国，促成楚、赵两国合纵，声威大震，并获得"三寸之舌强于百万之师"的美誉。2008年，中国毛氏研究会认定，毛遂是毛泽东的世祖。可能少有人认真推荐毛遂，所以华人极少有毛遂自荐的。这一回回去以后，开始学习毛遂的精神吧。

这中国北方唯一的旱地水城，人们叫它北方乌镇，又唤它河北丽江，不不不，邯郸人应该要"毛遂自荐"一下，让它就是它，让它恢复它原来的名字——毛遂墓的所在地：河北邯郸永年广府古城。

古榕下流水边听香

2008年开始在马来西亚雪兰莪创办"沙沙然国际艺术节"，仅仅是因为欣赏沙沙然留法画家黄美的艺术理念而答应成为顾问，先成立傻傻然艺术协会。起初是试探性地，只打算试探性办一届，再做观察，没想到获得意外的成功。最大的原因是极大多数沙沙然的村民一直保有一颗为艺术付出的纯粹初心。

在沙沙然这个小渔村开创国际艺术节的主旨非常简单：为了让远离城市，没机会到城里的艺术中心和画廊去观赏艺术的渔村村民接触艺术，我们，傻傻然艺术协会成员，策划把艺术送下乡。当时就想这是傻瓜才做的事，艺术协会名傻傻然，正好是渔村名字沙沙然谐音。

一边寄出邀请，一共有20多个国家，包括中国、罗马尼亚、意大利、爱尔兰、孟加拉、埃及、缅甸、韩国、尼泊尔、蒙古、澳洲、泰国、尼日利亚、土耳其、文莱、新加坡等大约70多个艺术家，到沙沙然现场创作，包括绘画、陶瓷、泥塑、雕塑、装置艺术、行动艺术等。傻傻然艺术协会诸人，分头努力去找大老板筹钱，去求新闻媒体来采访，去找更多人来当志工。

出乎意料地，几乎所有村民都全情投入，把国际艺术节当成渔村的未来事业，令原本默默无名的小渔村，摇身一变，化成亚洲一个艺术重镇，过后一发不可收拾，决定每三年办一次，明年即将展开第四届沙沙然国际艺术节。

当漳州的好友蔡建议要在660年前的古榕树下办"听香——朵拉水墨画展"的时候，我立刻想起2008年创办沙沙然国际艺术节的傻气。"但是，没有高官来开幕，没有富商来剪彩。只是让更多人，更近距离地接触艺术的一个行动。"我兴奋地大力点头同意蔡的主意，因为"那些其实不是艺术创作和展览非要不可的"！11月自福州到莆田到泉州的三个巡回画展结束后，来到南靖土楼云水谣的漳州场，画家获得了一个前所未有的画展独特经验。

蔡不只是摄影家，他依个人的艺术观点和理念为画展做出安排，这使得云水谣场的画展，真正叫人听到榕树下流水边的香气。水墨花鸟画里的花和鸟因此在树下水边重新复活，再度飘香。每幅画都披上红丝巾，宣布开幕前，邀请现场与会的来自全中国的著名摄影家、报社社长、杂志主编，和到来观光的游客即兴式参与，揿开红丝巾的刹那，香气即时氤氲在鹅卵石的水边，榕树下的微雨不停，现场的气氛却热烈无比，拎雨伞的，穿雨衣的，或索性淋着微雨的来客，拍照、观赏，不为绵绵雨丝驱赶，不断有观众要求和画家合影，和图画合影，更有南靖电视台过来采访，之前闽南日报社的摄影记者小饶已经做了视频专访。

这样的画展形式是空前的。没有宣传，没有广告，配合"2016形象中国·海峡两岸百家媒体聚焦花样漳州"活动即将结束前，即兴式的一个画展，真像画家创作的时候，纯粹为创作而做创作，没有其他目的。这亲切而温馨的感觉十分美好。

诗情画意的云水谣，仅有一个古道写生基地，未免过于薄待了它的曼妙风景，让更多姿多彩不同品种的艺术走进云水谣吧。倘若需要依靠文化创意来挽救古镇，别忘记让文化商业化的同时也让商业添加艺术化，适当地平衡商业和文化，不要单只倾向一边。一个失去原有古意，掉入商业大潮的古镇，缺乏独有的特色之后，便会失去吸引人的诱惑力。

盼愿纯朴美好的云水谣，就像它的天空和流水，不受污染，永远保有简单纯朴，美丽干净。让每一个来到云水谣的人，都看见美，听到水流和鸟鸣，也听到花香。

古琴之夜

一个人吃早餐，平常日子都如此。陪同咖啡面包的是报纸新闻。保健意识醒觉的朋友时时劝告，吃的时候专心吃，报纸就不要了。多年习惯成自然，早餐是要吃的，报纸也是要看的，同时进行，为的已经不是节省时间。智能手机风行后，除了报纸，世界各地的新闻，更是源源不绝地从手机里传来。那天是7月9日，刚自广州返家，坐下来早餐，手机上有中国朋友传来"刚得到消息，2015年7月8日17点39分，著名古琴家，国家级非遗古琴代表性传承人成公亮老先生因病医治无效，于南京逝世。古琴界又少了一位真正的古琴大师"。

古琴离我本来非常遥远，仅知是中国乐器。这回广州行，办事及会议过后，竟与热爱古琴的朋友相遇，听了一小段古琴的历史，一小段古琴的演奏，还看了《山水情》的录影片。

那是重回到广州的晚上，想起微信的方便，给J发一条信息，约她隔日一起过来早餐。一个人住酒店，照样配给两份早餐。忆起前个星期在广州和出版社讨论出书的事有了结果，开始天南地北闲聊时，J提到古琴。

不知道在海外的你们听过古琴吗？

听过古琴，一种古老的中国乐器，但没真正亲耳听过古琴的演奏。2008年，中国奥运会开幕仪式上，古琴广陵派传人陈雷先生让全世界首次同时听见古琴的音乐。那是在荧幕上。当时大家更注重在奥运会的运动项目上，不论海内外，凡华人都关心，主办国这回能获取多少金牌？

因为人多，便没有继续古琴的深谈，品着咖啡边吃西点，散散地谈，话题容易转到其他方向。第二天我离开广州去开会。

微信的方便，有时也成阻碍。隔日早餐仍是一个人。从书店回来的下午，接到J的回音，先道歉自己没时刻追踪微信，见邀请时已迟，反约我当晚去听古琴。音乐一直是我所好，不然亦不会选用音乐的两个符号为笔名。只不过光阴脚步太匆促，尤其愚钝如我，写作和绘画几乎占用所有时间，不得已放弃音乐很不甘心，幸好家中年轻人从事音乐制作，便有机会时时和音乐一起。

听古琴，诱惑极大，立马推掉原定的晚餐约会。

晚餐时间见到M，之前来载我们的是L，她们姐妹和J，三女孩为了古琴之爱，成立始妙如焦桐馆，是茶室，也是古琴研究社。馆内有茶，也有古琴，还有和茶及古琴相关的艺术品。天花板上挂几个灯笼，其中一只大鱼之形的，精细而别致。馆主M说它来自佛山。有个报社的编辑，喜欢灯笼艺术，眼见越来越多人离开灯笼制作的行业，他退下来后，回到佛山乡下，研究和创作，发挥他潜在的艺术才华，要说他有多出名？每年香港荣华饼家在中秋之前，包辆大车，开到佛山，就为跟他买两只鱼形灯笼。因是手工，产量无法多。制作过程中，艺术家投入心里的爱，完全不是商业行动。不过，去买的人也不多，大家嫌贵。始妙如焦桐馆通过朋友介绍，去年买到一只，当成至宝。惺惺相惜，艺术家才懂欣赏艺术家。因为她们知道苦心经营的苦。

经营着茶室，听起来是生意，却是为让更多人认识古琴。原为茶艺师的M，把对茶和古琴的爱交融，喜欢喝茶的人来到，就喝茶吧，顺便看看古琴的历史，听听古琴的旋律，舌尖上的享受之外，还有视觉和听觉的滋润，茶的味道更加丰富多彩。她们说"茶鬻为资，助养琴业，琴作清音，助滋茶味"。焦桐馆亦是古琴研究社，致力研究古今琴史，广泛搜集、整理有关的琴谱、琴曲、琴论、琴歌、琴赋、琴典、琴书、琴事、琴人资料，包括纸媒、音像、电子、口头等形式。在馆里的所有资料可供免费查询、阅览和传抄。

古琴的魅力叫三个女孩结盟一起，花时费神推广和提升，她们都学过古琴，深知古琴之美，这美丽之处成公亮老师生前在弹奏《流水》时说过："古代的琴弦是用蚕丝做的，弹起来细微得像呢喃细语。琴是弹给自己和大自然听的，即使有第三个听众，也必须是自己和大自然的朋友，叫作'知音'。"始妙如焦桐馆里三个古琴的知音，齐心合力守着古琴、看古琴、说古琴、弹古琴，并且不定期主办古琴雅集。

为我们弹奏古琴之前，J先说了一下："穷操达唱，这穷，说的是不得意，才华没得发挥，就操琴去吧。"听J弹琴，琴声优雅平和，旷远静心，并无二胡的哀怨忧郁。宋人说："昔圣人之作琴也，天地万物之声皆在乎其中矣。"琴中包含万物之声，就看听的人如何用心去领悟对应。晋时嵇康作《琴赋》曰："众器之中，琴德最优。"中国乐器多种多类，数古琴最好，品德最优异。《琴赋》也说以古琴"含至德之和平"来养君子"中和"的品德最为理想。魏晋南北朝之后，佛家和道教的思想皆融入古琴。佛家说的"空"，仔细聆听古琴的乐声，可体会到"无我之境"。道家老子说的"大音希声"，庄子的"至乐无乐"，自古琴低缓悠远里，可体现天人合一，无言心悦的精神境界。《庄子·天道》说："以虚静推于天地，通于万物，此之谓天乐。"在繁忙的工作里，紧迫的生活中，想要放空自己，想追求空、静、净、身心灵合一，不妨试试走近古琴。

离去之前，观赏几部内有古琴演奏的电影片段，其中《山水情》水墨动漫，故事非常简单，但却融入了中国道家自然，与世无争的思想和禅宗明心见性的灵感。充满诗情画意，气质幽远清淡，达到天人合一的境界，正好是古琴的境界。J后来在车上告诉我，这部片子是中国水墨动漫的绝唱，也是中国动画彻底商业化前最后一部艺术精品。影片中杰出的水墨技法与古琴技艺，都出自大家之手，成为划时代的见证，被公认为水墨动画至今无人超越的典范。动画家马克宣已经去世多年，却被古琴爱好者永远铭记于心。

L不多话，其实她们三人话都不多，就是讲起古琴的时候特别用心："先秦时代，古琴尤其位置核心，但是，不认识古琴的今人很多，包括电视电影里，比如《甄嬛传》，把古筝当古琴在演奏，没有人指出错误。甚至报纸上文章写的是古琴，插画却是古筝。这样的乌龙时常出现。"爱古琴的她们愿意付出时间和精神，让古琴回到原来的中心位置。

回来以后，仍然一个人吃早餐，今天的早餐，除了咖啡面包，报纸新闻，还有古琴的乐音陪伴。

同安花事

　　抵达厦门已经迟了，旅人搭上延误的班机，也许是好运气，虽然接机的人走了，需要自己叫的士到酒店，却再度感受厦门人的温情。一个姓叶的先生，陌生人，听见他说闽南话便上前询问，出门在外，不迷信的人也相信缘分，机场到处闽南口音，年纪和我相近的他看起来一副可信任样子，果然他详细告诉我酒店的距离和的士的大概收费，还借我打电话！

　　看起来有阳光的好天气午后，却下着若有似无的雨，沿途的木棉花反而增添了清秀。绚艳的红木棉，喜欢相约开满一树，璀璨夺目太过，不敢逼视，然而四射的艳光又叫人无法不去看它，丝丝细雨中的红木棉不再刺目耀眼，仿佛少涂胭脂的美女，多了清雅秀气的姿态。很难忘记数年前在莆田延寿山庄，黎明前的散步，遇见一落得一树精光只余枝干的木棉树，待晨光初露，才见枝头唯一一朵，在晨风中巍巍颤颤，要掉不掉地令人担心，那天清晨劲风猛刮，它摇摇欲坠，始终坚守枝头，不掉，不落。

　　春天是厦门的木棉花季吧，从岛上到同安，途中时时和木棉花相遇，无须刻意走到景点，路的两边就是。红艳艳地把天空映得一片绚丽。车子穿过翔安隧道朝向马塘村方向行去，参观银鹭集团工厂之前，先莅往翔安区新墟镇古宅村，这回世界华文作家交流会到厦门来采风的赞助人黄添福董事长，邀请大家到他的欧式"福园"喝茶。

包围在山林田野间唯一的欧陆风格洋楼共有三层，花树繁盛的庭园里停泊好几部名车，其中一辆是劳斯莱斯，另一边树下有块书着"福园"二字的大石。住在有福之园的主人家热情招待作家们喝好茶配甜点。福建人对朋友亲切，喜欢把朋友请到家里来一起喝茶聊天。啜着铁观音，突然想起昨晚欢迎宴上，龙虾鲍鱼螃蟹等十几道名贵菜肴之后，最后上来一盘炒米粉。坐我旁边的主人黄董说，闽南人请客，一定有炒米粉。原来"从前大家都很穷，好不容易家里来了客人，炒盘米粉请客人，客人肯定不好意思吃完，待他走后，家里的小孩那天就有点心吃"。闽南人因此在请客时也不忘记贫穷的日子。茶叙过后特别到屋子后边保留的老宅"夫子第"参观。走进已破落又重修建门面的老屋里边，在前宅后院左弯右转，徐行缓步慢看，方知占地之大，足以住上八户人家。

蔚蓝天空下，岁月没有放过红砖红瓦的古朴老建筑，重重地抹上了风霜和沧桑，可岁月没有机会抹去血浓于水的亲情。书香世家出身的黄家兄弟，格外重视兄弟情，让世界华文作家们深刻体会了好客、热情、真诚是闽南人的特质。这一趟厦门武夷山采风行便是黄董体现了他对亲情和文化的重视。质朴谦和的他，淡淡地说："我不算有钱，但我的兄弟心水热爱文学，我便帮他完成这份心愿。"

银鹭集团的食品事业遍布中国，远征国际，不能不惊叹；集团为马塘村的建设，包括宁静温馨的幸福老人院，无法不赞叹。新颖的建筑，蓝色天空，葱绿草木，姹紫嫣红的花树，干净整齐安静的村庄，笑脸迎人的慧姐，喜爱阅读的蒋总，下乡服务的大学毕业生小谢，相遇又谈得投契便叫投缘，参观过后，作家们纷纷追问，如何入籍马塘村？

路边海报"美丽新圩，幸福马塘"，不只是口号，而是已经实现的理想。另一海报是"美丽厦门·五大美丽特质"："山海格局美，发展品质美，多元人文美，地域特色美，社会和谐美"，按照马塘村城镇化改造的规划方式，相信缔造美丽厦门在望。

比较起来，同安影视城里仿造的天安门、太和殿、养心殿、颐和园及明清一条街，建得金碧辉煌，古意盎然，观光的作家群大都去过京城，再加上所谓的"天子上朝""抛绣球"等表演皆草率随便，据说这儿是剧组拍摄影视的主要地点，但对作家显然缺乏吸引力。临别之前，导游带领参观一间仿北京四合院的住宅，正在好奇闽南地区怎么出现北京四合院时，周边摆设说明，这是当年厦门远华集团头目赖昌星曾经的住所。四合院中，几株未开花的火凤凰树，碎碎密密的小叶子筛下碎碎密密的光影，游人走过，洒在地上的光影仍在。毕竟时间太过久远，年轻人都忘记了，一对穿着清朝款式结婚礼服的男女，坐在四合院门口，高挂一对红灯笼的廊下拍摄婚纱照。经过的作家被他们的笑脸沾染了喜气，纷纷向他们道贺，盼愿一对新婚夫妇从此和和气气过日子，快快乐乐到白头。

影视城努力在模仿明清建筑，真正的同安古迹是建于隋唐间的梅山寺和梵天寺。先到的梅山寺，年久岁长，寺庙多次毁建，传说朱熹曾在梅山寺左旁讲学，并以楷书横题"同山"，这两个朱砂红字，现在寺后南麓的岩壁上，已成福建全省最大的摩崖石刻，时间迫促，未能亲睹，唯有带着缺憾到大雄宝殿。同安人导游这时忘记佛家乃清静之地，充满自负高声地介绍供奉在内重达65吨的全国最大白玉佛像，"以质地温润细腻晶莹剔透的缅甸白玉制成，用99.9%金箔淡彩描金，最后用7种宝石镶嵌"。有求必应的白玉释迦牟尼佛眼睛半闭，嘴角含笑，慈祥地看着齐齐跪在地上虔诚膜拜的作家。

走下梯阶，无声的三角梅在"梅山仙境"的石壁旁热闹喧嚣地盛放，仔细看竟是1993年在厦门拜会过的朱鸣冈老师的书法，攀延石壁上的爬山虎绿意盎然，油亮亮和艳红鲜花比美。下了阶梯转回头往上看，梅山寺之美才真正呈现。寺前广场一座焚金纸炉，然后三层高的庙，共有七层飞檐，一层窄叠一层宽，一层宽又叠一层窄，几何图形样的梅山寺在白云下散发典雅气质。往下走去看造型独特的山门，高23米、宽23.6米的花岗石以四柱三门的结构呈现，两侧用八根特殊龙柱护卫山门，形成稳固的三角形，据说在全国石材山门中绝无仅有。支撑山门的其他柱子采用多重叠加方式，先垂直后倒挂，遍布一百多条龙，象征富贵吉祥。就连斗拱也采用整块石材，构件与构件之间运用槽形相接，不留任何缝隙，仿宋代雕刻风格，并体现佛教故事和传统故事主题。修建耗时3年，耗资1000万元，聘请石雕师父共60名，皆来自福建著名的石雕城惠安。门前左右矗立两只威猛的石狮子，也是惠安人的杰作，祖籍惠安的女作家与有荣焉，依依不舍。

梅山寺对面，是福建最古老的佛教寺庙，创建于隋朝开皇元年的梵天寺，比厦门南普陀寺早300多年，比泉州开元寺早100多年，今日所见是1997年9月复建后的面貌。入门处牌匾一看就欢喜，书法充满禅意，是弘一法师题字。庄严肃穆的寺里人不多，边院有一创建于宋朝的婆罗门佛塔，塔上浮雕取材佛教故事，神态生动，为研究宋代建筑历史与艺术的实物资料，因价值珍贵，以铁栏围住。葱葱郁郁的庙院，花木扶疏，青翠碧绿之外，更有红黄相间的叶子，把寺庙点缀得似公园，抬头见到寺外有棵参天古树，走到寺门外，叶子落光的大树，左右打横的枝干上，挂满了绚红亮丽的木棉花。

朝着旅游巴士走去，舍不得离开因而步伐徐缓，突然一朵红木棉花掉在地上，不是一瓣一瓣飘落地凋萎，就一整朵，啪的一声，离开树枝坠了下来，我低头拍一张照片。这红花，选择在梵天禅寺门口，在这时间落在我脚下，分明是在向愚钝的我说法。

凉快的夏天

　　自马迭尔餐厅晚餐出来，中央大街用辉煌的灯火和拥挤的人潮迎接我们。1898年始建时称"中国大街"，至1925年改称"中央大街"，逐渐发展成当地最繁华的商业街。1997年6月1日成为全中国第一条商业步行街后，它便是亚洲最大最长的步行街之一。两边鲜花以缤纷的色彩在喧哗争艳，有人和这一盆红花合影，见旁边那盆黄花更夺目，忍不住又来另一个合影，紫色花尚在一边等着呢！颜色抢眼的花未影完，两旁风格典雅的店铺建筑更是紧紧地扯住游人的脚步不让走。文艺复兴、巴洛克、折衷主义和现代化风格的建筑比比皆是，仰头赞叹却听得小提琴声音的旋律穿过摩肩接踵的人群游到我们的耳朵里，大家不约而同一起极目寻觅，一个高大白皙的气质美女在啤酒餐厅的阳台上拉小提琴，是优美的琴音再度加缓了众人的步伐。被我们称黑老大的黑龙江大学M教授正好在我身边，一边慢行一边告诉我，哈尔滨除了"天鹅项下的珍珠""东方莫斯科"和"东方小巴黎"的美称，2010年还被联合国教科文组织全球创意城市网络认定为"音乐之都"。

　　难怪刚才自圣·索菲亚教堂行路到餐厅时，路上不断有古典音乐在广播，整个街市浸淫在优雅的气质和灵动的气氛里，这独特的别致情调是其他城市缺乏的。当载着学者们的大巴一进城市，远远看见拜占庭风格的教堂，有人惊呼并站了起来，车里的朋友一起高喊小心。这！太美了！情不自禁出口惊叹，手机不停拍摄，等到下车仁在教堂对面，仰望天空中那典型俄罗斯风格的饱满巨大青绿色的洋葱头式大穹顶，指向天空的最尖顶上的是璀璨光亮的金色十字架，简直无法控制那份仰慕和倾倒之情，一边摄影一边忘形向前行去，同行的学者不断提醒，这是马路呀！甚至伸手过来把失神的人拉回行人道，再次警告：小心，路上有车呀。

《巴黎圣母院》的作者维克多·雨果把位于巴黎市区中心，历史上最为辉煌的建筑之一巴黎圣母院誉为"石头的交响乐"。他还有一句话："在一幢建筑物上有两样东西：它的功用和它的美丽。其功用属于其主人，它的美丽则属于全世界。"哈尔滨作家阿成认为，特别是哥特式教堂，足以为这段话下一个注脚。来观光的作家和学者们用他们的流连脚步，多次围绕这被号称为哥特式建筑的艺术珍品转圈，在广场重复拍摄，可见审美眼光人人皆有，为美丽倾倒的人不止一个。一群鸽子翩翩飞舞过来，游人跟着鸟儿张开的翅膀欢呼，鸽子完全不畏人潮，兀自停在红褐色的砖墙上和满是行人的地上。卖鸟食物的小贩跟在旁边追问："买一包喂鸽子？"见摇头，又从袋子里拿出几个花形头饰："最流行的，买一个吧？"这像新娘一样的头饰叫人想起教堂的婚礼。但是这个远东地区最大的东正教教堂，里边可以容纳2000人一起做礼拜，已经不再扮演教堂的功能和角色，包括它著名的钟声。有篇文章特别提起，教堂钟楼共有七座乐钟，遇到重要节日，敲钟人把七座钟的钟槌绑在自己身体各个不同部位，有节奏地手脚并用，像杂技表演和舞蹈那样拉动钟绳，飞来荡去在敲响大钟。每一次圣·索菲亚的教堂钟声一响，全城70多座教堂的钟也随之敲响，哈尔滨城便被钟声笼罩了！这种盛况已成过往，眼前是一组小型的交响乐团，就在路边的广场，年轻的乐手们身体跟着音乐的旋律摇摆，非常投入并落力地演奏。这时走在我身边的当地学者说："1962年8月6日至15日，历时十天的哈尔滨之夏国家级音乐盛会始办后，便成为地方传统音乐节，而'哈尔滨之夏音乐会'和'上海之春'国际音乐节以及广州'羊城音乐花会'并称中国三大音乐会。"

终于找到2005年，这里被当时的建设部评为"中国人居环境范例奖"的原因了。日夜有美妙音乐响在耳边的地方，时刻有旋律在拨动心弦的地方，就连经过的人，都想继续留宿中央大街，就算多住几天也是好的，因为移居是不太可能的梦想。不是音乐家的爱因斯坦说他的"科学成就很多是从音乐启发而来"，并且承认"没有早期的音乐教育，干什么事我都会一事无成"。我们的步伐虽然徐缓，却充满节奏感，心情不知不觉变得愉悦。出来之前在吉隆坡和商人朋友聊天说起音乐，听到嘲讽式提问："音乐有什么用？"他一定没有听过中国国务院前副总理李岚清的回答："高素质的人，应该是德、智、体、美全面发展的人。作为现代知识分子，只有专业知识，而不懂审美，缺乏包括音乐在内的文化修养，还不算高素质的知识分子。"如果告诉他黑格尔说的重话："不爱音乐不配做人，虽然爱音乐，也只能称半个人。只有对音乐倾倒的人，才可完全称作人。"以及尼采更沉甸甸的话："没有音乐，生命是没有价值的。"对于轻忽音乐的生意人，这些话等于对牛弹琴。关于音乐更深入的知识，我也得承认自己是一只牛，只不过，是有喜欢听音乐的牛。

到中央大街，真正的目的是到马迭尔餐厅吃晚餐。附属于马迭尔宾馆的餐厅，想象中是去吃西餐。坐在很大的主桌上，先遇到俄罗斯饮料"戈瓦斯"。一听这名字就非常俄罗斯。原来是一种用面包干发酵酿制的饮料，颜色略红，近似啤酒。坐我旁边的北京学者说有酒精，可是含量只有一个巴仙，味道酸中带甜，很受欢迎。上菜时才知道吃的是中餐。饮食文化的接受度最高，也是最容易渗透民间的。看似一桌的中餐，间中却也配搭着俄罗斯菜式，其中一道"红肠"，我还没提问，北京学者说他们昨天晚上出去买了一些，最著名最传统的风味是"里道斯"，大蒜味的。下啤酒最佳，和"戈瓦斯"一并吃也可口。海外来人的饮食习惯过于规律，又不贪新鲜，便失去变化。喝了一小杯"戈瓦斯"，第二杯开始加清水。红肠没有品尝。哈尔滨学者说拿来夹"大列巴"最美味。"大列巴"是有5公斤重、圆形的俄罗斯面包。后来上网查一下，这是"具有传统的欧洲风味，出炉后外皮焦脆，内瓤松软，香味独特的大面包"。不知道和我喜欢的德国面包类似吗？有点后悔没去找来试吃一下。肉和酒不是我的爱，面包却是的。

晚餐的菜和酒，丰富多样，但最叫人期待的蛋糕上那粒红色樱桃，却是马迭尔冰棍。非吃不可的。所有的人一致强力推荐。平日不吃冰的人也受不了诱惑，奶白色的冰棍，没有花样，不加巧克力碎，也不添其他味道，就只出产一种，原来的奶味。单纯质朴的香甜似童年。有个来自美国的女作家吃了三根。

就在中央大街漫步时，M教授说，不只是夏天，就算在零下30摄氏度的冬天，哈尔滨人也吃马迭尔冰棍。许多朋友听说我夏天到哈尔滨，替我惋惜，那你看不到冰雕了！可是我没后悔这趟夏日哈尔滨之行，不只是因为哈尔滨有绚丽多彩的凉快夏天，这里还有魅力无穷的热情朋友。

夏日中牟

　　刚下高铁，在郑州站接我的Z和P，接过行李便告诉我，先午餐，过后行往中牟。对不起，这地方名字怎么写？中牟，会写了？但这听都没听过的县城，究竟在哪里？是什么样的一个城市？

　　中牟远近闻名的农产品听着就像色彩缤纷的一幅画：大白蒜、黑红薯、红西瓜、红大枣、白精米、红辣椒、红草莓等，不只行销全中国，大蒜还曾获得马来西亚博览会金奖，被评为"河南省名牌农产品"，国家"三绿"工程蔬菜类十大畅销品牌之一。从前听到有人从事农耕，心里对每天忍受风吹日晒雨淋、生活艰难、工作辛苦的农夫充满同情和怜悯，然而，这回到中牟，据说有头脑的农夫，单是种和囤大蒜，一夜间成巨富的还真不少！

　　穿过车窗的初夏阳光温馨地洒在身上，车上还有县文联主席W，干脆爽朗的她银铃般的笑声一路相伴，指着大路两旁堆积如山的大蒜说："绝对是真实呀，并非为这回采风而做出特别安排。"开场白过后介绍行程，"带大家去看全县最穷的乡，叫刁家乡。"车子行驶在笔直平坦的公路，若非W强调，很难相信这一望无际整齐开阔的大蒜田是最穷的乡，路两边行道树的叶子在风中翻飞得沙沙作响，是杨树，树下一袋袋排得齐齐堆得高高正是大蒜。丰硕的收成，快乐的不只是蒜农，还有带我们来观光的W，比蒜农还更开心得意："你们看，那些货车！"运输货车一辆来一辆去，忙碌得很，确实像电影镜头。W看出我的眼神了："我再强调，不是安排的呀！"

她解释"要致富，先修路"。地处中原腹地，位于河南省中部偏东，东邻古都开封，西接省会郑州，南方直通新郑市，北濒黄河原阳相望，中牟就在黄河下游，郑汴之间。县政府早在十年前开始积极修路，而今铁路国道横贯东西，穿越南北，县城南部距离新郑国际机场25公里，多条高速路在县域西部交汇，被称"一肩挑两市，一路通三城"，物流的方便为中牟县的发展提供了绝佳的机遇。

道路两边的大蒜已成中牟标志，产量占全国总产量的四分之一呀！另外闻名遐迩的还有中牟西瓜。见我走过去，W拿一块西瓜给我："来来来，吃西瓜。"那时我们在都市生态农业示范园参观瓜果园蔬菜圃，吃瓜时间迟到是因为Z在为我拍照，拍的不只是我，还有漂亮得叫人垂涎的瓜果蔬菜，不必品尝便感觉味道极好。自温室瓜果园出来就在菜园边吃小西瓜，一尝之下，瓜皮薄、瓜肉结实、瓜汁甜、种子少，叫人放心的是红的颜色很自然。"这已经收尾了，要是早点来，味道更甜更好。"W再递来一块："再吃再吃。"我们在瓜样甜美的人情味间感受着中牟人的亲切热情。

一个作家说"每年若没吃中牟西瓜，等于未度过这一季夏"，那时在刁家乡吃农家饭。大家对自家手制口感好咬劲强的刁家馒头格外赞赏，结果感受到刁家乡人的热情，离开时人手一袋刁家馒头，确实是"吃不完，兜着走"。宾主尽欢的午餐过后，目的地是雁鸣湖。

夏天下午，轻风徐来，在黄河湿地主要组成部分的湖边漫步，秀美的田园风光之外，尚有丰富的生态资源。南临国家森林公园，有森林9960亩，湖区面积4000亩。养殖水面3500多亩，亦有黄河鲤鱼、大闸蟹及草鱼、鲢鱼、鳝、虾、鳖等野生水产品，湖中水草丰美，蒲花荡600余亩，周围有4000多亩垂钓场和6000余亩莲池，又有70多种水鸟如白鹭、大雁、天鹅、水鸭、野鸳鸯等珍稀鸟类栖息繁衍。名副其实"蒲苇的故乡，鸟类的天堂"。古诗"泱泱碧湖蒲芦生，穆穆鸳鸯沙诸停。水中时见鱼悠游，草中频闻鸟嬉鸣。绕沙槐林十里翠，隔村黄河渡千层。中原水乡饶风韵，游罢不思江南行"，形容的就是雁鸣湖。现代人R在旁边说："这里有'天然氧吧'的美称。"我们赶紧深呼吸。

原是黄河引水工程的沉沙池，水库建成后，水利灌溉和沉沙功能逐步衰退，逐渐形成湿地性湖泊。大面积芦苇的生长，吸引了大雁栖息，命名雁鸣湖，并以湖、林为载体，兼有淳朴的田园风格，规划以"绿色、生态、休闲"为主题的集观赏、游乐、健身、休闲、度假、会议于一体的多功能生态旅游胜地，今天成为郑州的后花园。一个具宏观有远见的政府引领人民走向更好的未来。

上午在中牟县规划展览馆接受电视台访问时，我深有感触"在这里看见中牟的从前，现代和未来"。不到中牟，不知《三国演义》东汉末年，中国历史上著名以弱胜强的战役之一"官渡之战"在此上演。Z接我时，告诉我中牟怎么写，看我照样一脸迷茫，便问听过"官渡之战"吗？阅读《三国演义》纵然是很久以前的事，《三国》却是海外华人，包括文学人和商人时常挂在嘴里的一本经典读物。文学人研究典型人物的创造，或是情节结构技法，商人却以《三国》人物和书中谋略作为模仿学习参考对象。袁绍有精兵10万，企图攻打曹操，最后居然是只有2万左右兵力的曹操，以非凡的才智和勇气打赢了，写下他军事生涯最辉煌的一页。袁绍因兵败忧郁而死。"官渡之战"因此谁人不知，无人不晓。读书时"官渡"离我无比遥远，未曾想过有朝一日亲自站在"官渡之战"的地点观看"抓放曹"影片。除了枭雄曹操，中牟名人还有西晋文学家花样美男潘安。集才华、美貌、专情于一身的潘安乘车出门走一趟，回来时一车都是为他着迷的女人丢上车的水果。只知潘安是俊男，却不晓得他在政治和为官颇有建树，对妻子杨氏的忠心和深情更是真挚缠绵。和妻子12岁订婚，52岁时妻子逝世，潘安终身没再娶，还写了一篇悼妻文，成千古佳话。遇见美男很高兴，碰到列子更倾心。原名列御寇的列子，一生安于贫困，不求名利。清静无为的他，不进官场，潜心学问，完全不在乎不为人知。贫富不移、宠辱不惊的列子说："人生最重要的是生命，其他才是名分、地位、物质。"也许你没听过列子，但你一定听过"愚公移山""杞人忧天"，列子便是愚公和杞人的创造者。看过古代名人馆，走进大轮胎造型的汽车馆，从古代瞬间转移到现代，更加现代化的是坐在4D电影院，戴上4D电影眼镜，跟着椅子倏地向前向后，跟着电影情节忽左忽右，中牟今天的建设和未来的方向都在影片里让我们参与了。

带着雁鸣湖的黄昏美景去看S老师的"畅园"。老师书法和散文皆备受赞誉。古代书简样的大门题着老师题的诗，其中一句熟悉的"听鸟说甚，问花笑谁"叫我忍不住说："S老师，我最近画展卖出去的其中一幅图画，题的正是这一句呢！"当时伫在昆明昙华寺的院子里，乍见两殿门上，各有一块匾，"听鸟说甚，问花笑谁"，即刻钟情，记到如今。书简门打开，畅园里的生活，便是"听鸟说甚，问花笑谁"的闲适、安宁、与世无争，现代人寻求的禅意境界在这里寻着。青碧湖水在阳光下粼粼闪烁，繁花盛开的湖边园林，造型各异的巨石随意摆放，木结构的建筑物似梦中房子在呼唤我们，有人忍不住要求进去参观。听见有人对S老师说："下回到这里搞创作呀！"依依不舍地离开这理想房子，步向私人果园。下午的风凉快宜人，满树皆绿是刚结果的柿子树，绿色柿子杂在叶子里要仔细搜寻，成熟的黄金色杏子却在绿叶间闪烁发亮，摘来吃摘来吃，S老师大方地让大家就在树下吃着新鲜的杏子。众人一边赞叹，一边毫不客气地摘下马上品尝。

吃了S老师自家种的杏，香气跟着我们在回程的车里四溢，慷慨的S老师任由大家采摘，要多少拿多少。W从她的手提包里挖了好多个出来，不理我的推辞，一定要我带走。

第一次走到中牟，第一次认识中牟人，感受着美好的热情亲切，要离开的时候，中牟人殷切交代："还要再来呀！"金光灿灿的夕阳在山头上听南洋来客的感动——"是是是，我还要再来。"

夏日访第五石窟

"邯郸第五日，晴。清晨气温12摄氏度，中午气温29摄氏度，上午观光目的地为峰峰北响堂山石窟。"在日记簿做记录后，开始为着衣烦恼。昨晚住山里，气温9摄氏度。已过立夏十几天，9摄氏度未免叫人惊讶。一路上忙碌地穿外套，脱围巾，来自热带国家的作家获得新鲜体验，真正领教了邯郸天气变化多么无穷。

导游昨晚特别提醒，要看北响堂石窟之前先得爬山，建议今日轻装上阵。"来到向往多年的太行山，再怎么辛苦也要爬山。"日记簿加了一条今天的励志信条。仁在响堂山石窟的摩崖石刻边拍照，H说他年纪老大，就不上去了。可导游极力游说："响堂山石窟开凿于北齐时代，后来的隋、唐、宋、元、明均有增凿。现有石窟16座，大小佛像4300多尊之外，尚有大量的经文碑刻，为中国石窟艺术史的缩影。"

倘若按照排名，邯郸峰峰响堂山石窟名气较小，虽然也是1961年中国第一批全国重点文物保护单位的"国宝"，但与敦煌、云岗、龙门和大足四大石窟相比，响堂山石窟只能列位第五。曾经去过敦煌、云岗和龙门石窟的佛教徒，对于响堂山石窟仍有佛教徒情意结的向往，尤其听说，雕像都凿在山清水秀、环境优美的鼓山最优质的石岩中。石窟幽深，人在山洞里击掌、拂袖、谈笑，甚至大声走路，都能发出洪亮的回声，故名"响堂"。开始登山时大家脚步矫健，还有人谈笑风生，逐渐地在蜿蜒的台阶上边走边歇，后来大家暂停在半山的休息长椅坐着喘气。有人沮丧说他选择放弃，旁边有鼓励的人喘着气在叫他勿离队。"这是河北省已发现的最大石窟，而且和甘肃天水的麦积山石窟齐名呢！"

阳光照耀下，无言的美丽散发在高处刚修好的攀花木条遮栏和地上长凳的光影之间。不禁为天地有大美且时刻都在身边而感动不已。支持我继续向上攀爬的是"不可思议"，仅仅20多年算是短命的北齐王朝，却开凿了遥遥在1500年后，让人通过这些残缺的佛像，得以了解当年东魏兴盛的佛教艺术和文化。功劳却得归于两位日本学者水野清一和长广敏雄。北齐灭亡后，一切看似灰飞烟灭。1936年，两个日本学者在野草丛生的鼓山上，发现这些沉默的石窟，回日本后出版了《响堂山石窟》一书，引起世人瞩目。

经过砖石铺就的响堂山石窟门，再继续攀上台阶，穿过石砖圆月门时也只看见古老纯朴的木结构拜殿檐阁悬挂着红灯笼在迎接游客，响堂山石窟独有的塔形窟就在被称为中洞的"释迦洞"。历经1500年的洞窟石雕色泽仍然艳丽，漂亮生动的花卉纹饰，飞天彩带仿佛在风中飘扬，盘腿在莲花座上的释迦牟尼佛面相祥和，这时披着黄金颜色的披肩，更显庄严肃敬。佛陀两侧站立的是文殊菩萨和普贤菩萨。四壁尚有不少明代善信出资雕刻的小佛龛，保存算是完好，石壁上也镌刻下这些供养人的名字，有些模糊不清。

时间匆促不能更仔细观赏，出来前往北洞，也即是标签第九窟的“大佛洞”，为此地最为华丽宏伟的洞窟。洞窟内的造像都是一佛二菩萨，即是佛经里提到的过去、现在、未来的“三世佛”。“大佛洞”无论深、宽、高均为12米左右。在中间方正的中心塔柱，开凿出三面雄伟壮丽的佛龛，正尊坐佛连座高约5米，表情安详，面带微笑，给人亲切温和的感觉。大佛背后浮雕精美的火焰忍冬花纹饰、流云、莲花和火龙穿插其间，色彩丰富繁丽。洞窟四壁分布16个雕刻繁富细致的塔形佛龛，这种造型是北齐时代的石窟风格。每个佛龛上端都雕上“宝相花”。导游特别说明，“宝相花”雕饰亦是响堂山独有，是由宝珠、相轮和莲花组成。华丽典雅的花纹图案至今依然清晰，色彩亦保存尚好，可惜龛内的本尊佛像早在1912年被盗凿一空，眼前这一批佛像是1922年补造的。洞窟前壁上有三个明窗，窟内因此采光充足。喜欢艺术的佛教徒边看边叹息，叹今天我们的艺术创作益发退步，前人的智慧真是远比不上呀。

根据司马光的《资治通鉴》记载：“虚葬齐献武王于漳水之西，潜凿成安鼓山石窟佛顶之旁为穴，纳其柩而塞之……”这意思是“大佛洞”顶上，葬有北齐高祖高欢的灵柩。传说高欢的二儿子高洋，在开凿此窟前请教数十位风水先生，最后认定最佳风水宝位。唐代高僧道宣在《高僧传》书中亦曾说，在高欢陵葬内“诸雕刻骇动人鬼”。难怪大家都叫响堂寺为北齐皇家石窟寺。

踅往窟群南端的第三窟“南洞”，又叫“刻经洞”。“刻经洞”里有三世佛，菩萨和袒胸露背的力士像等，窟内的方形顶上还刻着精细的莲花藻井。叫“刻经洞”闻名遐迩的是此洞窟内外皆刻有佛教经典。一抵前廊，即流连盘桓，脚步趑趄走不过去，整整一片大墙，刻上全本的《维摩诘经》，那么漂亮的书法！找不到形容词。前壁甬门左右侧刻《无量义经偈》，窟外北侧为刻经壁，壁侧刻有《唐邑写经造像碑》。游客立马恋上了石碑上的经文书法，步履一时三刻都无法向前，明知不可能完整把刻文带在相机里回去，仍不停止拍摄。

北齐时代之所以流行把佛经刻在石头上，因当时谣传佛教末法时代经已来临，加上北魏太武帝毁佛行动和北周武帝灭佛运动，佛教徒担心佛经和佛像即将被消灭，希望通过石头的永恒性让佛法永存人间。结果同时留下的是，北魏时代的精美绝伦书法和精细的刻工。

人对石刻上的书法一见钟情，时光却毫不留情。

导游大概是忍无可忍，终于开口，催促游客加紧脚步。午间夏日温度果然回升，边下台阶的游客边脱外套，拉下围巾，还满头大汗，感觉到邯郸的夏天真的已经来到了。

上车时在日记簿做记录："北响堂寺石窟之后，下一站，磁州窑富田遗址和大家陶艺博物馆。"

山和水的记忆

　　行往河北涉县索堡镇的路上，邯郸旅游局的小N在旅游大巴里给来自世界4大洲11个国家的16个华文作家上课："悬空活楼是供奉女娲的主殿，名为娲皇阁，民众俗称'奶奶顶'。楼体上临危岩，下瞰深壑，紧依悬崖而建。通高23米，"听到这里，感觉人站在那中国北方著名的道教宫观之一时生出来的恐惧和担忧，想象中的巍巍颤颤惊险在小N嘴里却若无其事，"以9根铁索系于崖壁。"马上有人举手："请你重复？"小N大力点头，继续说："23米高的楼紧依悬崖而建，仿佛悬于半空中，不过，不必担心，有9根铁索紧系崖壁。""就9根铁索？"惊呼声霎时四起。小N微笑："每当香客云集登上娲皇阁，承重增加时，原本松懈的铁索就伸展绷直如弓弦，楼体开始前倾，并且晃动不已，顿时闻铁索嘟嘟作响，游客如登九霄，如临云端，娲皇阁素有'活楼吊庙'之称。"成语"九霄云外"的感觉，原来就在此阁。根据小N提供的资料，"娲皇阁始建于1500年前北齐高洋时期（公元550年—559年），是中国规模最大、时间最早的奉祀中华始祖女娲氏的古代建筑"。始建时规模并不大，仅有"三石室，刻数尊像"，以构思奇巧的娲皇阁为代表，公元6世纪至今，经过不同朝代陆续增建修筑，逐渐形成占地1.5万多平方米的建筑群。现在保留下来的建筑，基本上是清朝咸丰二年（1852年）火灾后重建的。好奇心充斥追问"今天那九根铁索还在吧？"经过小N证实，对这建筑史上的奇观充满期待，回头不论路途如何艰险，亦非得找机会攀上中国六大悬空寺之一去看上一眼。

抵达中皇山下，迎接客人的是新建筑老造型设计的中国式巨型牌楼，明显突出了建在一万年前新石器时代遗址上的娲皇宫是国家5A级景区。一行人有打伞也有穿上色彩夺目的雨衣在蒙蒙细雨中从入口区漫步到补天园。下雨给游客带来不便，然而雨雾弥漫的群山和碧绿苍翠的园林美景紧紧牵扯人的步履。大家不约而同赞叹景致美得真像一幅画。人们形容美丽真有趣，在真实的场景里说美得像幅画，观赏美丽图画时评语却是美得像真的风景。占地面积76万平方米的林地、山谷、园林、水系，加上下雨，天气逐渐寒凉，众人忙碌地加衣添围巾之际，一边不忘摄影。途经溪边，两边明艳的黄花类似水仙，仔细观望却不是，名字叫不出，花却一样艳美，尤其长在水边，多了一份水伶伶秀气。水穿过溪里的石头，溅起小小白浪花，忍不住用手机记录了美妙画面。

走在传说中女娲抟土造人，炼石补天的地方，低头看脚下并非存心搜寻五彩石，主要是雨湿路滑。停驻湖边的观景台上才一抬头，发现众人伫在群山叠翠、流水环绕的山水画卷里，再一低头，水中倒影犹如幻像，毫不现实却在现实中出现，空气里的水汽氤氲出湿润空蒙的旖旎风光，在疑幻疑真的光影里作家们瞬间转型为摄影家，纷纷掏一台手机或相机，唯恐没把眼前的水光山色带走，便成输家。

无法久留因目的地仍在前边等待，前行不远再来到一座"中石题"字的"娲皇宫"牌坊，走在身边的小N知我为佛教徒便告诉我："其实娲皇宫最精髓的古迹是东面山崖上的北齐摩崖石刻经群。"后来网上搜索方知，有北齐时期的《思益梵天所问经》《深密解脱经》《妙法莲花经》《佛说盂兰盆经》《十地经》《佛垂般涅槃略说教诫经》等共6部，刻经面积165平方米，分5处刻于崖壁之上，共刻经文13.7万多字，字体有隶、楷、魏碑体，素有"银钩铁画，天下绝奇"之称，更是娲皇宫的镇山之宝，堪称艺术珍品，是我国现有摩崖刻经中时代最早、字数最多的一处，历代书法家带朝圣之心到此一游。同时也是我国佛教发展史上，特别是佛教早期典籍中弥足珍贵的资料，对于研究我国早期佛教地域、流派及书法镌刻演变历史有着重大意义和价值，经考证为"天下第一壁经群"。这时我们在冷风冷雨中的补天广场仰头遥望，小N指着在女娲神像后边山势陡峭的老建筑，"那就是娲皇阁了"。

　　终于，我们到了！相传女娲就在这里，捧着青、蓝、红、白、紫五色石，以日月为针，星辰作线，补好了天上的裂缝。这神话记载在《淮南鸿烈·览冥训》一书里。也记录在娲皇阁拜殿的楹联上"圣德齐天无崖限，神功五石补此天"。女娲何只补天呢？《太平御览》七十八卷引《风俗通》记载着"俗说天地开辟，未有人民，女娲抟黄土作人"。因此每年农历三月初一至十八庆祝女娲诞辰，全国各地人民及海外华侨前来祭拜这华夏人文先始，现在我们站的地方被誉为"华夏祖庙"，是中国五大祭祖圣地之一。经过广场地上精心设计代表中国传统思想文化根源的《易经》和八卦，我给地上的"春"字拍了照片，季节是初夏，但今日气候之寒，却让着了羽绒服来当游客的女作家获得"最聪明的旅人"奖。作家们撑伞续攀上台阶往女娲神像走去。为我打伞的小N继续讲解："当地用9个数字形象地概括了娲皇宫特点：1座吊楼，2种宗教，3个石窟，4组古建，5种刻经，6部经文，7尊塑像，8大功绩，9根铁索。其中所指的宗教，指的是佛教与道教，9根铁索是说建在险峻山崖上的娲皇阁采用9根铁索与山体相连。"

遥遥地看着已经很靠近的娲皇阁，细细的雨一直在下。然后，经过一番讨论，少数服从多数，一致同意不再往上攀爬。期待亲睹的悬空寺、9根铁索、石窟、摩崖石刻等古迹就在不远的山腰上看着我们缓步离开。台阶两旁桃红的月季花兀自绽放在夏天的雨里。

这么近那么远真叫人惆怅。人生往往如此，向往的、喜欢的、幻想的都不一定会实现。但是，那日在河北邯郸涉县娲皇宫，看见了翠绿的山、青碧的水、艳黄桃红的花，邯郸山水的记忆仍然十分美好。

岁末祈福

　　每年岁末都要到椰脚街祈福，这是槟城人的风俗习惯，已形成一个特色文化。车子穿过白金汉街，向左趔转椰脚街，一转弯便是个交通灯，路窄车多，不得不减速慢行。路旁一通白色矮围墙内的甲必丹吉宁清真寺（Kapitan Keling Mosque）是槟岛著名的乔治市地标。始建于1800年的清真寺，原本是方形并附设长廊及斜脊屋顶，后来在发现和开创槟城的法兰西斯·莱特的手下，有个信奉伊斯兰教的印度雇佣兵领袖，于1926年筹得大批款项并礼聘建筑师将原有的清真寺改建为摩尔式风格建筑，以甲必丹吉宁为名（Kapitan Keling Mosque，意思是印度人领袖清真寺）。围墙内尚有一座尖塔，是清真寺报时人向信徒通报祷告时间的地方。今日为槟岛最古老的伊斯兰教圣地，在阳光下散发着耀眼的白色光芒，金黄色的圆形屋顶更是闪闪发亮。每天到来的不只是膜拜念经的伊斯兰教徒，还有大批国内外游客，尽管非伊斯兰教徒不得入内，无意中路过被吸引或特地为它而来的游客干脆伫在围墙外把这风格独特的建筑物拍摄带走。

　　椰脚街最为华人熟悉的地方有两个，一是槟州华人大会堂，当年孙中山酝酿革命时五次到槟城，为部署起义曾在这原名为"平章会馆"的地方演讲，后改建九层楼高建筑物，命名"槟州华人大会堂"。时光给建筑物抹上了沧桑样貌，外形的设计和建筑物本身都一起老化，然而更旧的是大会堂旁边古色古香的观音亭。1800年，第一批来自中国的移民，给南洋华人建起一座不只是宗教和精神寄托的地方，更是他们心灵的故乡。初期南来的华人，不适应南洋气候，受到各种传染病的威胁，物质匮缺，前途渺茫，在恶劣的环境中为生存挣扎，救苦救难大慈大悲的观世音菩萨叫生命和财产都没有保障的他们安下心来。每逢节庆，不同的华人帮派都在此聚会、赌博、唱戏、举办灯会等等，是早期华社的活动中心。平日除了拜拜祈求菩萨保佑，若有党派或私人争执，都会到观音亭来请华社领袖和菩萨调停，因此也是华社的联络中心和地方事务所。观音亭门口左右两只石狮子，早年老人说，这两只石狮子晚上就结伴下海游泳，清晨最早去烧香的人，就会看见全身湿漉漉的狮子在晒太阳。传说神话了狮子，却也说明华人对观世音的崇敬。观音亭在时光的长河中虽经多次改建装修，仍保留典型的中国式建筑风格。

寺庙主祀观世音菩萨，故称观音亭。真正的名称为"广福宫"。寺内壁上刻有1824年《重建广福宫碑记》，里边记载："槟榔屿之麓，有广福宫者，闽粤人贩商此地，建祀观音佛祖也，以故，宫名广福。"由南来的福建和广东人联合出资筹建，故名广福宫。沿叫下来以后，却听到碑刻之外的故事："观音亭原名福广宫，这名称让同样也出资建筑的广东人不高兴，一回福建和广东两个帮派又再因故吵架，广东人争赢了以后，连夜把福广宫改名广福宫。"听的人不相信的脸色让讲的人又加一句："你没看碑刻上先说福建再提广东吗？"

（闽粤人贩商此地）不知是福建人胸怀宽大，或者是势力不够，从此定名，再也不闹事，想来是观音菩萨的加持吧。

过去槟州的富商巨贾在做出商业的重大决策，心中交战无法确认未来是要扩大原有的生意或另外投资开新厂时，就带一片虔诚心意到观音菩萨面前掷筊，让观音菩萨代为决定。观世音在槟城华人心里享有的崇高地位可想而知。香火鼎盛的广福宫里供奉的神灵还有天后圣母、注生娘娘和金花夫人、大伯公、关公圣帝等等，每当农历初一、十五，尤其春节期间或是二月十九、六月十九、九月十九观音诞，到这里烧香祭拜的人，一日过千很是平常。某年正月初一，作为香客的人，按华人风俗穿着新衣去拜神许愿，因人潮汹涌，水泄不通，拥挤过头，摩肩接踵没法移动，插好香出来，发现不知何时被哪个不小心的拜神人持香挤来挤去时把新衣烧穿了个小洞。为表达对观音菩萨的尊重，过后年年初一照样穿新衣去祈福。

岁杪亦是善男信女纷纷前来祈福的时候，有来许愿祈求，也有到来答谢菩萨前一年的保佑。下车处是一排花档，档口挂满姹紫绚红的花串，有数色混杂一串，也有整串素色纯白的茉莉花。地上整齐排列的塑料水桶，斜插各种颜色鲜花，桌上另外摆着朵朵缤纷色彩的剪花，不同颜色混杂一盘，让香客自由挑选看哪一种适合奉献给各人心目中的神祇。外国来的游客可能觉得奇怪，卖花的怎么都是印度人，又不全是美丽的姑娘，有彪形黑大汉，也有老人家，你不懂印度话没关系，只要朝其中一个档口站着看花，马上有皮肤黝黑，眼珠也很黑，牙齿和眼白很白的印度人出来，用很溜的福建话，即是槟城人流行的闽南语问你："买花呀？你要去哪一间寺庙？要拜哪个神？"

拜菩萨就选斜插在水桶的菊花，拜拿督公则用朵朵的剪花，如果你要到印度庙，那就买几串红黄紫白的串花吧，印度人最喜欢的是纯白的茉莉花串。持着花串走向花档斜对面，斯里玛丽安曼庙（Sri Mariamman Temple）也是槟岛最古老的印度庙，建于1883年。和其他印度寺庙造型同样，入口处有一高塔，雕刻各式造型优美神态各异的神像，色彩鲜艳的塑像都是印度教的天神。进到庙里，许多精美鲜丽的壁画，形态生动的雕塑，庄严肃穆在向进来参拜的信徒述说着东方国度的古老文明传说。印度教的天神众多，包括圣牛、蛇、大象都是印度教尊贵的神，它们都是印度神话里的主角。以黄金、白银、钻石、翡翠等宝石装饰得美轮美奂的斯里玛丽安曼是庙里的主神像，也是印度神话中的雨露女神，又是众神的母亲，据说能治百病，掌管婚姻和生育，向来受到印度人的崇拜和尊敬。印度教有严格的等级制度，有说贵族才许进庙，平民只能伫在庙外祈祷。然而，这里的管理人显然有佛教的众生平等之心，任何人要进去，记得把鞋脱在庙外台阶，且不可踩踏门槛，便可进庙参观和拜拜。遇有节庆，随喜乐捐一点小钱，可用管理员备好的牛奶沐浴神像，求平安喜乐。

如果你不信仰伊斯兰教，又不拜观音，也非印度教信徒，买了鲜花，经过观音亭，再过槟州华人大会堂，就看见2007年7月6日被马来西亚政府列为50个国家宝藏之一的圣乔治教堂。这座纯白色英国式教堂，独特之处共有三点：一是高耸白色尖塔，底下镶个圆形大钟，塔尖顶上的十字架似乎嵌在蓝色的天空中，雄伟庄严；二是前廊门口并排8根巨型圆柱，这别致的造型添加了典雅的韵味，不能想象那是1818年由一批狱犯当建筑工人建成的；三是在篱笆内绿茵如画的草地上，除了参天古树，在教堂前面还立有一座古希腊式的八角穹顶圆型遮篷，那是在1886年槟榔屿开埠100周年纪念时，为纪念发现槟城的英国莱特船长而建的。流连忘返的游人可能不知道，这雄伟庄严简洁优雅的圣乔治教堂是槟城唯一获得国家遗产地位的建筑物，也是东南亚最古老的圣公会教堂。时常有人置放鲜花在教堂门口，倘若不是为自己祈福，可能是为表达对教堂神美韵味的仰慕之情吧。

三大民族不同信仰的四座最古老庙宇都在这条街，不同宗教相容共处，展现了槟城多元文化的丰富姿采。伊斯兰教祈祷时间一天五次，念经文时广播高声唱颂，远近皆听到。华人神诞时酬神戏锣鼓喧天，有时长达一个星期。圣乔治教堂每星期日早上总有信徒到来礼拜，圣诞节前后亦有庄严隆重的庆典。印度教节庆时，神衹出来巡街，成千上万来自世界各地的不同民族的信徒，扛着钩刺身体皮肤的重甸甸"卡华迪"跟在后边，还有鼓乐队一边打鼓一边唱歌。居民习以为常，游客随着队伍不停拍照，一边为槟城的多元文化相存不悖，不同民族的和谐共处赞叹不已。

一条展现了槟城人包容心态的街道，官方街名"甲必丹吉宁清真寺路"（Jalan Kapitan Keling Mosque），华人却按旧名称"椰脚街"。如果你是游客，找不到地方的话，你只要问一下路人："和谐街"在哪儿？你就会被引到椰脚街来，这里是槟城最古老的四大庙堂落脚之处，欢迎你也一起来祈福。

意外下梅村

在旅途中，有些安排无法实现，有些不曾费心去计划的景点或人物，突然相逢，也许就是旅游诱惑人的其中一个最大因素。多次说无意间，很突然，那些不在行程里、不在节目中的人事物倏一下，跑出来打乱了旅游时间表，然而，这次下梅村之游，才叫真正的意外，连听也没听过的名字，一个陌生茶乡，猛地从天上掉了下来。

前一日坐竹排游过九曲溪，随导游到古街南端参观武夷山市博物馆。馆内分历史文化陈列室和自然陈列室。在"人文历史的发祥"，展示一架壑船棺、虹桥板及棺内陪葬品，新石器时代的遗物石斧、石箭及新石器时代遗址模型和架壑棺葬的缩小模型及大型图片等等。循着群众脚步，到了武夷山风景照片展厅，碧水丹峰的武夷山原来就瑰丽多姿，风光绝胜，照片中除那些著名景点之外，还有很多身在海外的作家闻所未闻的小乡小镇。

指着照片我问导游，这是什么地方？那景色和鲁迅的绍兴安昌古镇极其相似，近处为小桥流水人家，只是不见有人，人的踪迹在河边屋前挂着晒太阳的数件单色衣服里。遥望远处青绿的高山，山的后面是晴蓝如洗的天空，宁静幽谧的画面令人心动不已，这不正是现代人日夜不停忙碌寻觅的，一处可以安放心灵的地方吗？

导游问我，你听过下梅村？那里有古代民居建筑群，也是"晋商万里茶路起点"。

结果我们就来到了"福建最美的乡村——下梅"。伫在景隆码头等待特别安排的当地导游时，抬头一看，博物馆那张照片，镜头下的风光，正是在这儿取的景。

一条小河，河边长着绿油油的植物，间中杂有白色和黄色的小朵野花，景物添加了色彩后亦不显绚艳，流露出秀美的优雅姿采。两边是住房和小店。屋顶矮矮的，屋檐从屋子门口拉到河岸边，出现了像南洋老屋的五脚基骑楼风格。河岸边一排栏杆，走近些方看清楚，原来是整整一排"美人靠"，让人坐在河边歇息或乘凉的长椅子。行过处，人们闲闲在那儿喝茶聊天，也有人在廊下搓麻将。许多小孩就在骑楼走道上的廊下玩游戏，没人看顾，这里住的一定都是熟人。

下梅村的导游说这叫风雨廊，廊下全排悬挂红色灯笼，大概是春节时挂上去的吧，来到阳历3月已有点走色。下车走进来的路上，经过"祖师桥饭店"，两家共分两个招牌，用不同书体书写，没人可问。到这里过河时，经过祖师桥，导游说如果你们早两个星期到正好，今天是农历正月二十八，年初二那天，盐帮在祖师桥办管仲会，祭祀祖师爷管仲；正月十五，茶水帮办三元会。接下来二月初三轮到红白纸帮，香烛纸火帮在这桥上祭祀祖师爷文昌帝。这是海外作家首次听到"祖师桥"，新奇得很。清康熙年间，20多个行帮业会的工匠们共同捐资修建的下梅"祖师桥"，是村民演社戏，行帮业会敬奉祖师爷的公共舞台。

　　过河照样在廊下走，经过的小餐厅，门口挂小片黑色塑料布，用白漆横写今日供应："小炒、油饼、扁肉、锅边、拌面、拌粉、炒面、炒粉、水饺、水煮鱼、辣子鸡、田螺煲。"直写注明"农家特色"。这时间不早不晚，店里没客人，只有空的桌椅和桌上瓶瓶罐罐的酱油辣椒期待吃客上门。路旁也有摆档的，不过就是将自家店里卖的摆在门口，想引起稀落的游客更加注意，一些炸饼、笋干、小瓶小罐装豆瓣辣椒之类的，还有小零食。一些吸引人的艺术文化小店如专门个别绘画的油纸伞等似乎是新开张的。茶店更是五步十步便一家，好几间都斜斜地插了一支写着茶字的红色旗帜在店门口随风晃动，可无论店铺或道边小档，生意似乎不是太好，可能和游人不多也有关系。河岸边，小路旁或小桥上，时有年轻学生在对景写生，空气中便浮泛着浓厚的艺术气息，游人也缓下脚步好奇地看一看画纸上的风景。过了桥遇见"印象下梅饭店"，旁边就是"印象下梅写生基地"。终于走到下梅村标志性的建筑"邹氏家祠"。原籍江西南丰的邹元老在1694年带着他的儿子们到闽南，选择落户此地创业，经过几代人的辛苦耕耘，成为闽北著名的大商贾。邹家与晋商合作经营茶叶生意，每年获利百余万两银子。和所有中国人一样，有钱以后开始建筑豪宅，一共建了七十余座，建立家祠，并为了教育大兴土木设立文昌阁。现在看着气势宏阔的祠堂门楼，不由得不惊叹那丰富多彩的砖雕图案。深沉的灰褐相间大门楼在岁月的流淌里褪了色，更添增沧桑韵味。这是武夷山境内保存得最完善的一座祠堂建筑，导游说完后才揭露，原来他也姓邹。门两侧是两幅横披篆刻，一为"木本"，一是"水源"。导游说起自己祖宗的故事，口气坚实，已经不是流传中的神话传说那般不可靠。"一个家族的繁荣昌盛，如树林一样，有赖于深深遍布在乡土中的根；又如江河之水，有赖于源头的涓涓细流，不能忘本。"这其实就是儒家思想说的不忘根本和源头。

下梅村的古民居，大多是明清时期的建筑，跟着导游去了施政堂，儒学正堂，闺秀楼，镇国庙，达理巷等，建于清乾隆年间的邹氏大夫第，四纵三厅四进，雕刻精美，我们在小花园流连良久，园内的罗汉松是武夷山最有特色的庭园花木之一，"小樊川"被誉为"集砖雕石雕融合一体的艺术画廊"。印象最深刻的是西水别业的"婆婆门"。这是当年邹茂章夫人按自己的身材亲自设计的，那些个想和邹氏家族的公子成婚的女人，身高体型曲线都得和婆婆门吻合，才能够跟邹氏公子结为秦晋之好。来自世界各地的女作家都上去比示了一下，结果没有一个人的体型曲线适合当邹家媳妇，只好讪讪打了退堂鼓，晚上照旧乘搭飞机回厦门。

其实最为难忘的还是当地的人情味。导游带着我们观光，小街小巷路边摆在晒太阳的是竹笋干和干笋饼，笋的味道有点奇特，像热带的果王榴莲，爱的人很爱，不爱的人说味道很臭。起初不识干笋饼，只闻得空气中有股异味，问了一下门口的主人，马上就作势要切片让我们品尝。不必一定要买，试试味道就好。一路经过好多房子，屋里的人都在泡茶，房子主人亲切地招呼路过的人都来喝茶。时间叫我们变得无情，快到巴士站的时候，终于停在一家茶叶批发店，女主人和气可亲，作家们也步行得累了，坐下喝茶时，被那金骏眉的茶味迷住，结果原本说不买的人，一个接一个，买了又买。

缓步行到路口车站时，立着的石头纪念碑题字，"晋商茶路万里行起点"，这时已经走完下梅村，才发现我们居然在无意中来到武夷山茶叶的故乡。也许这是离开武夷山前的最后一个景点，坐在飞厦门的机场里，提到这一趟的采风行，记得最牢的，正是下梅村。

我上大名府

那是邯郸第六日，我们自赵都大酒店出发。邯郸在春秋战国时期为赵国都城，市内处处可见赵都为名的店铺。从大酒店到小面铺，衣食住行皆以赵都为荣。公元前4至前3世纪邯郸是中国最繁荣最重要的城市之一。可惜海外来客对邯郸的认识只限"邯郸学步"。话说战国时期，一个燕国人听说赵国邯郸人走姿很漂亮，特地到邯郸学走路。没想到不只没学到，反而连自己走路的姿态也忘记了，最后爬着回到燕国。老师重复强调：做人千万别一味模仿，最后可能连本性也消失无踪。挺有意思的成语故事叫人念念不忘，一听说到访邯郸，毫不犹豫即说好。

邯郸朋友听说我决定接受旅游局邀请去采风，第一时间来信特别介绍大名古城，力邀到大名观光，原来他是大名人。我未去先笑，笑这大名人是否过于自大？怎么毫无惭愧把"大名鼎鼎"这成语的"大名"两字当作城名？

人在海外，许多历史都是从经典小说里东一段西一章得来。导游在车上介绍，中国四大名著都和邯郸有所牵连。一个娲皇宫涵盖两本名著，《红楼梦》里贾宝玉出世时嘴里含块通灵宝玉，是女娲炼石补天时剩下的玉石，《西游记》里孙悟空从一块感受过天真地秀、日精月华的石头里蹦出来，也是女娲的石头；邺城铜雀、金虎（后称金凤台）、冰井三台是《三国演义》里的大英雄曹操始建，《水浒传》里武艺高强，棍棒天下无双的玉麒麟卢俊义是大名府人氏，容貌俊秀却浑身刺青的浪子燕青是他的仆人，《水浒传》书中的"大闹大名府"说的就是眼前这个大名府了！

一座奇大无比的鼎，四面镌刻"鼎鼎大名"，立在大名府城墙上，远远望去，犹如立于半空中，导游建议先游大名博物馆。车子刚抵便见上午温暖阳光下，一群解放军在广场操练，这景观对中国人可能平常，海外作家却好奇地看着他们笔挺的背影。回想8年前5月12日汶川大地震，那天正好抵达郑州，准备参加隔日郑州新郑美术馆的亚洲书画联展。当晚在酒店用餐一边看电视，电视播出的新闻和图片，叫本来轻松活泼谈笑风生的画家们瞬息沉重到没有声音。一场8级的强烈地震，造成近7万民众死亡。在这最艰难的时刻，全世界的人见到中国人民解放军的力量。后来人们每一天都在报纸和电视新闻的报道上对着"人民子弟兵用自己的血肉之躯筑起生命通道，用双手扒开废墟中的乱石头，用双肩扛起担架上一个个虚弱的生命，用双腿踏过崎岖险阻的道路……"流眼泪。泪水便是所有感动的人向为了救人，奋不顾身的人民子弟兵致敬的一种方式。

机缘巧合，8周年后的5月12日又抵郑州，隔一天才换乘大巴自安海到邯郸。阳光下流着汗水的解放军整齐的步伐真好看，思考着要如何向他们致敬时，他们却鸣鼓收兵，列队小跑步离开了。台阶上突然出现四个摄影家，对着我们拍照，我拿起手机，记录下他们认真的身影。博物馆里心有余时间不足，只能匆忙走一趟，原来公元前45年至公元23年的王莽，中国历史上新朝的建立者，是在大名当皇帝。名留千古因敢于进行社会改革，禁止买卖土地和奴婢，改革工商业、税制等措施。战国初期著名军事家孙膑，和庞涓同拜于鬼谷子门下，因才华过高，遭妒忌他的庞涓不顾同学情谊，捏造罪名使其被处于膑刑（砍去双足）和黥刑（在脸上刺字）。后来孙膑在齐国辅佐田忌将军，运用"围魏救赵"战法，利用庞涓的弱点，制造假象，诱其就范，取得了桂陵之战和马陵之战的胜利，为中国战争史上"设伏歼敌"的著名战例。大名还是写《论衡》的东汉思想家王充、西晋学者兼文学家束皙的故乡，苏辙、欧阳修、包拯皆曾在此当官。大名府也先后建有多家书院：元城书院、天雄书院、大名书院、贵乡书院、广晋书院等。

卧虎藏龙的大名府，千古风流人物数之不尽，其中最为现代人熟知的，应该是邓丽君。20世纪80年代初，习近平曾和耿飚的司机杨希连在车上"把那盘《小城故事》的磁带都听坏了"。有人把邓丽君的《小城故事》说成"唱的便是她的家乡大名府"。赵紫阳任中共总书记时，1989年到邯郸视察工作，问当地官员："你们邯郸有个邓丽君？"然后若有所思说，"她的歌唱得不错。"人人都在说"有中国人的地方，就有邓丽君的歌声"，可惜身为邯郸大名人的邓丽君生前却没有机会回到自己的故乡。如今坐落在大名县城北关，一栋建于20世纪20年代的四层美国风格建筑，又称"十角大楼"，成立了邓丽君纪念馆，以500余件的展品，展示她传奇的一生。

另一个和大名府挂钩的歌手是国民天王周华健。在歌坛将近30

年，发行过21张个人专辑，举行超过200场个人演唱会，他的情歌被誉为经典中的经典，每一首歌几乎人人都会唱，却在最当红的时刻，突然闭关三年。然后带着和文学家张大春合作的《江湖》重新行走江湖。《江湖》完全颠覆周华健，在北京的演唱会叫"北京鉴赏会"，呈现《泼墨》《身在梁山》《侠客行》等别具一格的歌曲，其中一首叫《我上大名府》。"老乡、老乡，你别问，我这要上大名府，老乡、老乡，你别问，我这要上大名府。"

上了大名府回来，认真找出大名府的介绍："上古时期的黄帝部落在此生息，大禹在此治水。战国为魏武侯别都；秦朝为东郡；西汉初年始建元城县，曹魏建阳平郡。春秋属卫国，是历史上著名的'五鹿城'；'大名'这个词是公元前661年（距今2647年）春秋晋献公十六年时，掌卜大夫卜偃从'魏'中测解出来的，说它是兴旺强大起来的吉词。唐德宗建中三年（公元782年）魏博节度使田悦叛唐自称魏王，取其吉兆改魏州为'大名府'，这是'大名府'称谓之始。"

原来海外作家孤陋寡闻，竟以为是近日改的名，其实大名历史悠久且文化底蕴深厚。"位于京杭大运河畔，地处冀鲁豫3省交界，作为黄河以北区域的政治经济军事文化中心长达1700余年，因控扼中原，历为郡、州、道、府、路，其中两为国都，七为陪都，八次相当于省级。"难怪走进大名古城，仿佛穿越历史长河，经典文学里的人物，都在老城古街上行走，一路上不断和名人打招呼，还要加上两个现代名歌手呢！

确实是鼎鼎大名的大名府呀！

保佑生命的大帝

华人在南洋，宗教信仰往往佛道不分，大部分为道教信徒，妇女比男人更常到寺庙祈福或寻求心灵慰藉，聚在一起喜欢谈神说鬼，比较起来，妈妈算不迷信的人。她时常以自己的不迷信为荣。她说话语气似有憾，其实内心喜滋滋的。"我才不像那些人那样迷信，不能说我不信，但怎么可能喝了符纸烧的水，病就会好？还是去找打领带的拿点药来吃吧。"那个年代，有些西医在诊所西装革履，还打领带，也许显示他的专业之不可侵犯，或高人一等吧。

话虽如此，长一辈人南来时，对南洋的陌生环境完全不了解，而且前途茫然，听说地处热带，瘴气浓郁，容易中毒，又有一些神秘惊惧，无法解释又难以置信的所谓巫和蛊之类的人物事，单是想都觉胆战心惊，自然盼望凭恃万能的神明能够解说和解救。

不少华人为谋生离乡背井，漂洋过海时，有把家里供奉的神明雕像抱在胸前，有的将在故乡神庙求来的神符揣在怀里，平安抵达人地生疏的异地后，首件要事是把神明供奉起来，日夜烧支平安香，盼望自己在南洋，家人在中国乡下，全都平安如意，祈求尽快相聚有时。在交通不便，沟通亦不便的年代，精神上需要和故乡神明一起，那牵挂思念、担忧受怕、憧憬梦想的心才有安放之处。除此，还要神明保佑未来赚大钱，成巨富，衣锦方可还乡。因而人在南洋，亦坚持传承华人传统节日。农历每个节庆，祭祖宗不忘拜神明。作为第二代移民，妈妈在这种环境和气氛中成长，虽不认迷信，拜神文化很自然成为生活一部分。

孩子们成长的岁月，不免有"头烧耳热"时，不是每次小病就看医生，却是孩子小病也忧心忡忡的妈妈，为让孩子尽早远离病魔，健康成长，不得不求神拜佛。把乩童画上神的旨意的黄色"符头"请回家，在家又双手捧香细细禀告神明这符头的作用是为了驱逐病魔，让哪个名姓的孩子喝了符水后尽快恢复健康，然后把符纸烧成灰，冲水，叫身体有恙的孩子喝下，杯底黑纸屑不可倾入水沟，必须倒路上。我就喝过多次这种有火烧味道的符水，不难喝，且存在一种神秘力量，无论流鼻涕、咳嗽或喉咙痛，每次喝过符水，身体有向好的感觉，似乎逐渐复原。

仁在福建龙海市角美镇白礁"慈济宫"保生大帝祖庙广场上，秋天的阳光把占地1609.5平方米，三进宫殿式建筑，照耀得光彩四射。导游为我们讲解：宫庙前殿门廊六根蟠龙石柱，是清嘉庆二十一年（1816年）重建时台湾同胞的捐献。正殿门廊4根朝天蟠龙石柱历史更为悠久，为宋代高宗皇帝诏旨建宫庙时遗留下来的古迹。被誉为闽南人文景观精华的"慈济宫"，方向坐北朝南，依次为前殿、天井、献台、正殿、天井、后殿。所有石刻、木雕、壁画、剪粘等皆以历史故事、名人题词、山水禽兽花木作为题材。宏敞巍峨的宫殿式庙宇，建筑布局奇特，造型宏伟，古色古香，集宋代建筑艺术之大成，有"闽南故宫"的美称。

"慈济宫"的历史和建筑对我很新鲜，导游告诉我们，供奉在宫庙里的是中国福建沿海和台湾地区，继妈祖之后普受人们尊奉的神仙保生大帝。听见保生大帝，妈妈从前带我去拜神的往事回到心头。在槟城，位于武吉南马山坡、日落洞路与牛汝莪大道连接的地方，有一个成立于1888年的"清龙宫"，大家都说药签最灵。"青龙宫"主殿奉祀的是保生大帝、神农圣师及清水祖师。传说19世纪中国发生动乱，沿海百姓为追求更美好的生活，先后奔向南洋群岛寻求发展。部分人士来到槟岛定居，当中一个姓张的新客，把保生大帝的灵火，从中国福建白礁"慈济宫"，接引到日落洞供奉。

居民以福建人为主的槟城姓氏桥，原本破落残旧毫不起眼的几座木桥，两边建筑华人南来最先落脚的海上房子，在槟城申遗成功后，一个华丽转身变成热门观光景点。每座姓氏桥皆有庙，供奉的即是居民从祖籍地带来的"自家"神明。姓氏桥当中最著名的姓周桥，每当农历正月初八晚上，为庆祝初九的天公诞，举行盛大庆典，鞭炮连天响，香烟四周缭绕，舞龙舞狮热闹非凡，吸引来自全世界各地的游客。游客走上桥之前，必经大榕树旁的庙宇，庙前柱子青龙盘旋而上，还有彩绘的石狮子，通常有三几个老人在庙里乘凉聊天或阅报。这个香火旺盛却不大的庙名"朝元宫"，供奉的是保生大帝。

朋友听我提起保生大帝，告诉我，姓李桥的"金鞍山寺"供奉的也是保生大帝，还有，大路后"进宝宫"亦是保生大帝的寺庙。另外在打铜仔街靠近著名壁画"姐弟共骑"和"爬墙小弟"的地方，有个叶公司，即是叶氏宗祠，内有一宫庙名"慈济宫"，保生大帝坐镇宫中。

如此说来，在以闽南人居多的槟城，保生大帝应该是大多数人熟悉的神明。平日极少出门的我也太孤陋寡闻。白礁的导游提到保生大帝原姓吴，精通医术，妙手回春，救人无数，大家称他吴真人，采药时坠崖逝世，为纪念他的功劳和功德，建"龙湫庵"供奉。宋高宗时，吴真人显化救驾，高宗颁诏建庙白礁。由于吴真人神灵多次显示，历朝历代褒封计十多次，位至极尊。听到这里，我才晓得，不是每一个神明的寺庙可以称为"宫"。

走出来发现，正中大门上边，高悬着中国著名书法家启功先生写的横匾"慈济祖宫"。有一个不是导游的报馆朋友，带我们去看殿前右边走廊的数根方形石柱，他要我们注意石柱上两副亦文亦画的竹叶联，一对是"慈心施妙法，济众益良方"，另一对"保我德无量，生民泽利长"。撰联者姓名不知，对联以"慈济""保生"为开头，很有意思。

我和妈妈一样不迷信，但有机缘来到福建龙海市角美镇白礁慈济宫保生大帝祖庙，接受漳州电视台的访问时我说："南洋也有极多供奉保生大帝的宫庙，我们在祭拜的时候，带着虔诚的心，但却没有真正去了解道教，作为海外华人，也许应该多加关注道教文化。"

佛道不分的南洋华人，祭拜仅是为了祈求平安、健康、顺利、如意，平日不处于中华文化的环境，有时并没多加注意神明是谁。到中国旅游，每到寺庙，观光之后，就很想更了解历史，道教本来就是中国土生土长的宗教呀。

天一总局的回忆

电子科技时代的其中一项好处是从前的老同学突然都回来了。通过微信取得联系，然后就老同学大聚会。早年移民到澳洲的伊丝特吴，人未抵槟城，先来电话，告诉我她的想念。

我们曾经是那么亲密的老朋友。20世纪70年代在中学的她，自己开车去学校，那个时代没多少人家里拥有私家车。放学以后倘若我不去图书馆逗留，她便载我到她家去看书。她老是鼓动我"别去图书馆，到我家去"。后来我才明白她很寂寞。而我喜欢去她家，因为她家有个比图书馆还更多我喜欢的书的书房。

中学时期的美好友谊是交朋友根本毫无贫富之分。吴到最近自澳洲回来聚会才告诉我，"原来我家很有钱，但我那个时候不知道，原来我家很有钱"。说完她和我都大笑起来。当时我也不知道原来她家很有钱。

在学校里，每个星期一上午的周会时间，吴坐在礼堂台上弹钢琴，全体师生跟着她弹奏钢琴的旋律唱国歌和校歌。我的远房表姐就坐在她身边，替她翻乐谱。她和表姐是许多同学羡慕并想要仿效的对象。

　　吴家住的地区和屋子，是今天槟城申遗成功以后必须保留不准胡乱翻新的老房子。总是在下午两点左右，走进去时，狭窄修长的客厅阴凉而明亮，外头的门面不宽阔，长度却足足有两三百尺，瘦长的屋子中间，有两个天井，光亮就从那儿来的。她停下车带我进到屋里去，家中一个人也没有。她带我坐在第一厅里，从冰箱拿出来的是冷冻的炸鸡腿，裹在皮外层的是饼干和麦片，炸过以后奇香，冷了一样好吃。她拿两个，我们一人一个作为午餐。这是我认识她之前从来没有吃过的食物。后来她自澳洲回来参加同学会，聊天时候她说："我祖父每天下午茶时间，都要喝一杯英国红茶配牛油曲奇饼，也是英国进口。"这让我想起我在她家大理石圆桌上看到的曲奇饼干铁盒。每一回看见曲奇饼，叫人向往的不只是饼干的美味可口，还有印在饼干铁盒上，那遥不可及如梦一般的英国风光。英国早餐红茶是我30岁以后才喝到的进口饮品，叫皇家红茶，价钱比其他普通牌子都昂贵。

　　一次受邀到晋江五店市采风，交流时间被点名说话，不知为何心血来潮，想到原籍晋江的吴，突然醒悟，以中文写作的其中一个理由讲起来，是初中时期，时常到吴家吃冷的炸鸡腿之后，她便会到书房给我找来几本书，"你这么喜欢看书，这是我哥哥的，他已经到英国读书去，这书放在家里没人读，借你看"。

　　就那个时候，我看完了全套的倪匡，女黑侠木兰花和卫斯理，全套的金庸武侠小说，还有一些香港出版的书，包括所谓的三毫子小说。在找不到中文书的年代，她家居然有中文书书房。一直到最近几年多次相聚，才知道她的祖父是槟城当年最著名的银信局创办人。1964年6月20日，亚洲富豪也是电影大亨陆运涛搭乘从台中飞往台北的班机，起飞后5分钟突然在空中爆炸，坠毁之后机上57名人员全体罹难。吴告诉我，当时她的祖父本来和陆同一航班，幸好有事没上机。可是，那年的初中学生根本不知道陆运涛是亚洲电影王国大老板，也丝毫不清楚银信局究竟是办理什么业务的。

"下一站，角美镇流传村天一总局。"导游在车上报告。下车走一段路，和一般乡间小路一样不起眼，几个踅转突然看见一座中西合璧四合二层南洋风格的建筑，被包围在低矮残旧的破落老屋之间。一如它昔日的辉煌隐藏在精雕细琢的建筑细节里。大门顶上有一块牌匾是繁体字的"天一总局"。占地颇广的古色古香建筑，廊柱高大，浮雕精美。阳光细雨中，岁月沧桑里仍见其优雅大方的结构和恢宏气势。

天一总局创办时原名"天一批郊"，天一取自汉儒董仲舒的"天人之际，合而为一"，即"天道与人道、自然与人为"。创办人郭有品，开始到菲律宾经商时，受到侨商委托，充当水客替乡亲携带银信回国，由于乐于助人、忠厚老实又敬老尊贤，深受同乡侨民信任。当了几年水客后，他决定在家乡漳州创办中国首家批馆。闽南语称"信"为"批"。

明清时代中国人在海外有1000万人左右，其中以下南洋者最多。约有200万闽南人到了南洋，努力赚钱，勤俭生活，一有积余必设法寄回故乡。当时中国尚未设立正式的邮局和银行，航运亦颇多不便，加上下南洋的华侨大多不识字，必须等待同伴或同乡回国时，请识字的人代为写信，再托返乡的同伴或同乡携款以及报平安的家书归乡。帮忙携款和带信的人就叫作"水客"。水客帮南洋华侨带回乡的信叫

"侨批"，意为华侨的信，只不过这"批"中一定或多或少有钱一起回乡。因此水客必须是能够令人信任的忠厚老实之人。

1880年，漳州角美镇流传村的郭有品开始了首家民办邮局，比1896年清朝邮政局正式对外营业，还要早个16年。"天一批郊"，后改"天一总局"，那是因为批郊开始只经营菲律宾与闽南之间的华侨银信业务，到后来生意兴隆，不断扩充营业，分局在中国的厦门、晋江，菲律宾的宿务、怡朗、三宝等地纷纷成立，再后来又增设香港、安南分局。1901年创办人郭有品因病去世，长子郭用中才17岁便接手父亲的生意，聪颖伶俐的他，经过精心策划，盈利大增，成为闽南众多侨批局中最具成就的一家。"天一总局"的办公楼几经迁建，建成今天我们站在这里徘徊不去的精致典雅大楼。

1911年中国邮政与海关分享时，"天一总局"的分局已经有28家，后来更把业务扩大到马来亚的槟城、马六甲、大霹雳，印尼的井里汶、雅加达、垄川、泗水、巨港、万隆，泰国的曼谷、通口扣，越南的把东、西贡，新加坡的实叻以及缅甸的仰光等7个国家21个分局。国内则从原来的厦门、安海、香港发展到漳州、浮宫、泉州、同安等7个分局。

我们站在距离九龙江不足100米的地方，踟蹰流连在这一座西洋拱券式外廊与闽南民居相结合的建筑外。微微的秋雨在阳光下轻轻飘洒。1928年1月18日，天一总局宣布停止营业，引起闽南金融业的波动。民办的天一总局只有48年的历史，却是海上丝绸之路和百年前侨批事业诞生的见证。正如郭有品的后人郭伯龄说的："它的创办之早、影响之深，是中国近代邮政史、金融史和华侨史中不可或缺的一页。"

走过弯弯曲曲的村庄小路进来，如非亲睹，确实无法想象，福建漳州一个小小农村里，居然隐藏一座天一总局，纵然不再营业，但在秋天黄金色的阳光下，依旧散发着迷人的金色光彩。

来到今天电子科技时代的人，再也不需要批馆和银信局了。我想回去以后给伊丝特吴打电话，告诉她，这么多年过去，我终于知道她家从前做什么事业，而且真的是很有钱。

番仔来看番仔楼

"我们叫南洋来人'番仔'。"中国朋友带着微笑说明即将去观光的景点为何称"番仔楼"。

我愣愣地回答一声"哦"。这时我们走在漳州角美东美村路上。

车一停下，小黄挥着旗子说："大家跟着我，到目的地需要走一段路。"

路边有家店铺的墙上写着"佳庆东美糕，非物质文化遗产"。突然听得有人问："我们观光行程表里说有品尝东美糕呢？"走在前边带路的小黄回头来说："回头来呀。"一边继续向前走，"让我们先看番仔楼。"

经过一个转弯处，感觉有光影摇晃，探头一看，斜斜土坡路底下是一条河。三个妇人在河边树下洗衣服。清澈河水因夕阳光影而波光粼粼，阳光也叫树叶染上片片黄金。19世纪中叶，是这黄金景色让一个在东美村卖田螺为生的年轻人曾振源，带着改善家人生活的理想，勇敢地从这条河，搭上去南洋的轮船，到了新加坡吗？

精明能干的曾振源秉承着闽南人的吃苦耐劳和拼搏精神，从谋生到创业，十几年后，商务涉及贸易、航运和典当等行业，先把总公司开设在新加坡，后来也在厦门、广州开分行，并且还将事业拓展到东南亚各个国家，包括菲律宾、印尼、泰国、越南、缅甸等。最鼎盛时期，他和儿子组建了"丰源航务局"，拥有29艘轮船，是新加坡首屈一指的航运大亨。

几天来的雨，让本来不平坦的小路，生出窟窿和泥泞，周边多为残旧乡下民居，小路还有更小的路，折折转转，突然看见2013年福建省第八批省级文物保护单位公布时描述的"曾家番仔楼"："清光绪二十九年（1903年）至清宣统二年（1910年）建，坐南朝北，中西结合建筑风格，石砖木混合结构，平面呈'凹'字形，以祖厅为中轴线，对称排列，前为闽南风格古厝，中为哥特式楼房，后为红砖骑楼，计13栋建筑物99间房间，建筑面积2627平方米。"

番仔楼只有两层，称不了高楼大厦。中间大门上有"曾氏家庙"的两进式祠堂是曾家祭祖的地方。两边是石刻对联"祖泽绵长距鱼国已七十五世，庙貌壮丽冠芗江廿八九都"，简洁地描绘了曾家的祖籍身世和家庙的精致壮观。精致，正是番仔楼与众不同之处。

和所有漂洋过海到南洋讨生活的人一样，外出是为了赚钱，回乡盖房子才是始终系于心头放不下的愿望。辉煌的经商业绩让曾振源在南洋成了巨富，衣锦一定要还乡，他决定和儿子返乡建豪宅。为了光宗和耀祖，先请西方设计师画图样，再邀中国风水师看风水。建筑时讲究精雕细砌。我们一路顾着拍照，走得太慢，抵达时见小黄请了曾氏后人出来与我们讲解。观光的人一边听他说祖先的历史，一边为建筑楼群的豪华和精美惊叹。以上等青石打磨成的石鼓、石墩、石篮和圆形花窗上双面仙鹤祥云的图案，当年为了求好，工匠是以雕凿出来的石粉重量来换取等量的白银为工钱，这种豪气和阔绰前所未见。彩绘着中国民间传说故事的木雕横梁还錾金嵌银。当时肯定一片金碧辉煌。在这儿我也见到和槟城老建筑同样的，据说亦是来自英国的花瓷砖装饰着楼房的内外墙，无比亲切地过去和瓷砖合影。有人说那是通过海上丝绸之路从南洋运回来的，这造就了番仔楼的中西合璧风格。家庙前的月池，收集雨水用，也种养莲花，这池水通过一座水闸，可与外边的河道相连，莫就是我刚刚路过时看见有妇人在洗衣的那条河？这河可通向漳州母亲河九龙江。

团友都是摄影家，他们纷纷离群到各处去寻觅心中美景，前后左右都有人或垫高或蹲下，摄影家们甚至采用各类我首回见到而叫不出的摄影器材，比如航拍机等等。不必交摄影功课的我心情最闲适，左瞧右望地以眼睛采风。楼房上下建有狭长的过道，在过道中段，建了半月形的"拱桥"，既具美感，又方便人们直接从这边的楼房走到对面，不必淋雨晒太阳。这在闽南地区极为罕见。有几个摄影家在拱桥上取景，我忍不住把他们摄了下来，又忍不住自己也跑到红砖砌的拱桥上去当模特儿。正好夕阳光下的金黄色光影洒落下来，为沧桑的楼房添加了几分诗情画意。

一回在文章里读到："华侨是穿上洋装的中国人，番仔楼则是南洋门楼遮蔽下的传统大厝。表面上，华侨是一个思想先进、作风洋派的群体；骨子里，他们比任何人都因循守旧、执着于传统。"完全点出了华侨建番仔楼的风格。尤其是格外重视祠堂，堂内的设计一定沿袭着传统样式的结构。里头许多摆设和装置，随着岁月的流逝而消失，没落的光景无法掩饰整体建筑严谨的布局，宏伟的气势和典雅的工艺。再说倘若华侨不守旧，不执着传统，也不会把回乡和建大厝当成一生的重要愿望和成就。1893年筹建，1897年开工，1907年建竣，历时14年，修建工钱耗费20多万两白银的番仔楼落成那天，曾氏家族在此摆了三天筵席，整个东美村的男女老少都受邀来"吃桌"，传为佳话。

11月的深秋，夕阳落得太快，转眼天就暗下来，小黄走在前面摇旗呼唤："我们去品尝东美糕咯。"2010年入选漳州市第四批非物质文化遗产名录的东美糕，始于明朝崇祯年间。一位姓郭的老人，以绿豆磨粉为原料，制作糕点，入口即化，深受人们喜爱，是最佳佐茶的点心。300多年过去，今天的东美糕仍然是漳州婚庆喜宴、祭祀祭祖的必备礼品。同时成为闽南民俗的符号。

品味着清甜又有绿豆清香的东美糕时，毫不怀疑饮食文化紧紧地联结着漳州和南洋的乡情。在南洋，也有类似的糕点，也和东美糕一样，用木制的糕磨一颗颗印出来，过春节时候才制作，我们叫它番仔饼，据说是娘惹糕点。

郑和当年下南洋带的水手，和南洋土著结婚后生下的孩子，女的叫"娘惹"。"娘惹"食物混合中国和土著的味道，就像人一样。走回车上的路，和来时同一条。中国人可能不晓得，被他称为"番仔"的南洋华人，叫当地的土著为"番仔"。

太阳落下去，在暗得很快的天色里，大巴朝向晚餐的"江东鲈鱼馆"开去。今天"番仔楼"之行最叫人大开眼界的是，一百多年前就有自来水设施。在楼群的最后面有个风力抽水机房，以大型风轮抽水机从深井抽水储存在楼顶的水塔，通过锡铸的水管再通向各座建筑。这在当年可谓稀奇罕见。真的是深刻领会到从前听过福建民间的一句俚语"有'番仔楼'的富，也没有'番仔楼'的厝"。

角美美人蕉

这是我第一次见到那么多美人蕉聚在一起盛放。

这却不是头一回感受徐志摩在日记《西湖记》里说的："数大了似乎按照着一种自然律，自然的会有一种特别的排列，一种特别的节奏，一种特殊的式样，激动我们审美的本能，激发我们审美的情绪。"他把西湖的芦荻与花坞的竹林，都归类于数大的美，"那不是智力可以分析的，至少不是我们的智力可以分析。"

当我看见性喜温暖湿润气候，不耐寒，既怕强风又惧霜冻的美人蕉，在这寒风吹拂的季节，照理应该凋落或萎靡，但为了迎接"2016形象中国·海峡两岸百家媒体聚焦花样漳州"活动，秋末的漳州角美台商投资区中心城区，寂然无声的美人蕉花大色艳漫漫地喧嚣绽放，禁不住惊喜万分，张口结舌找到一句"非笔墨所能形容"想要忽悠过去，却见到承办此次活动的《闽南日报》记者报道时撰了一副对联"'花田美事'喜迎八方贵客，'幸福角美'笑纳四海宾朋"，贴切地把花田的美丽和角美的幸福都活泼地调动起来，犹如风吹过花田时，美人蕉在晃动着它鲜艳明丽的色彩一样欢快喜悦。

下雨的上午，车子往角美开镜场地开去。承办方选择美人蕉花田作为首站开镜之地，真是挖空心思的想法，成群结队的工作人员，认真尽力要将想法实现成真，这份由衷的期待就连天公也来帮忙。明明有雨的清晨，来到花田之地，美人蕉的艳色叫摄影家们放弃大会准备的雨伞，全搁在车上，只数人披着塑料雨衣，为了把绚艳的花儿留住，他们把最重视的摄影机攒在怀里，一边伺机寻觅心中值得留下的画面拍摄，根本不理下雨会湿人，淅淅沥沥的雨被众人忽视之后自觉无趣，细成雨丝若有似无在飘洒。

喧天鼓声不受雨滴影响，美人蕉亦非鼓声催促才盛开，刚下车的摄影家被璀璨的花儿迷惑得失去方向，各自朝各人心目中的"美丽"走去，工作人员不断要求人人赶紧归队，开镜场地已布置妥当，中间大片红底布幕，幕上黄色的"开镜仪式"字体映得显眼瞩目，突出地上铺着青色地毯的舞台，舞台前摆一排红纱巾盖着相机镜头的摄影机。舞台左右两排伫着8个扛着"花样漳州，幸福角美"的红衣美女。当局的细心在于这8个字可对应镜头和角度的需求随时走动。响亮的鼓声突然被震耳欲聋的电音取代，从花田里蹦蹦跳跳，随着快节奏摇摆出来的是电视上看过的台湾电音三太子。这三个或戴眼镜或咬奶嘴，粗眉大眼，手穿白色大手套，分别穿着红色黄色与白色的大毛毛鞋，跳着街舞的三太子，是神偶结合现代电子音乐，将传统信仰融合热门音乐，形成神圣与世俗、传统与现代结合的现象，在台湾红到发紫，被誉为最具台湾特色的民俗艺术表演人物，成为一个成功地把严肃的宗教仪式转化为活泼的流行文化的典范，也是大受年轻道教信徒欢迎的节目，甚至登上美国MLB（Major League Baseball，美国职棒大联盟），2008年"道奇台湾日"活动时也邀请电音三太子跳Lady Gaga舞曲开场并开球，上海世界博览会亦邀请他们到来演出。

电音三太子出来之前，美人蕉花田边的表演是漳州传统舞蹈"大鼓凉伞"。这起源于明朝嘉靖年间抗倭名将戚继光的军队在欢庆胜利时跳的群舞，漳州每逢节日必定表演。往往把气氛搞得无比热烈。胸挂大鼓，双手打鼓的鼓手和持彩色凉伞的舞者以铿锵有力节奏鲜明的鼓乐声和一边旋转舞动长柄凉伞的粗犷豪迈舞者一起出现。身着鲜艳丝绸布料民族服装，再加上凉伞边的垂穗不断地随风飘荡，矫健的舞姿和潇洒的鼓乐都具有强烈的艺术感染力，给这充满战斗豪情和必胜信念的舞蹈增加了温柔流韵，难怪在舞蹈界有"活化石"美称。

电音三太子和大鼓凉伞的表演都有声有色，静静在花田里盛开的美人蕉却没有一点声音。绚丽的红色，明亮的黄色，还有红黄二色混合的叫鸳鸯色，斑斓灿烂，奇异的是混合色的殷红花瓣是全红，橙黄花瓣却洒着红色的斑点，无论什么颜色，全都仪态万千、娇艳欲滴。后来漳州的朋友发来短信告诉我，美人蕉共有乳白、鲜黄、橙黄、橘红、粉红、大红、紫红、复色斑点、红黄相间、红瓣金边等50多个花色品种。

美人蕉不只长在花田里，还入了古今文人的传说和诗画中。当年考入西南联大，在昆明居住多年因而文章时常写昆明的花的汪曾祺，是我喜欢的作家，他也为美人蕉的美而心动——"昆明的美人蕉皆极壮大，花也大，浓红如鲜血。红花绿叶，对比鲜明。我曾到郊区一中学去看一个朋友，未遇。学校已经放了暑假，一个人没有，安安静静的，校园的花圃里一大片美人蕉赫然地开着鲜红鲜红的大花。我感到一种特殊的、颜色强烈的寂寞。"

色彩鲜艳到感觉寂寞的花，依照佛教的传说是由佛祖脚趾流出的血变成的：恶魔提婆达多，见佛陀有大能力，善行和名誉也与日俱增，便暗中设计欲伤害佛陀。某日，提婆达多查出佛陀出游的行程，埋伏在佛陀将经过的山丘上，并投下大石打算伤害佛陀。人算不如天算，大石尚未滚落到佛陀之前，已粉碎成好几千个小石片，其中一枚碎片伤到了佛陀的脚趾，流出来的血被大地吸了进去，长出美丽艳红的美人蕉，大地在这个时候裂了开来，把卑劣的恶魔提婆达多给吞没了。美人蕉是佛祖脚趾流出的血变成的，故又名"昙华"。唐朝之前它原名"红蕉花"，一直到唐朝诗人罗隐作诗歌颂"芭蕉叶叶扬瑶空，丹蕚高攀映日红。一似美人春睡起，绛唇翠袖舞东风"之后，美人蕉取代了红蕉之名。

　　今天下雨的美人蕉，叫人想起明朝诗人皇甫汸《题美人蕉》："带雨红妆湿，迎风翠袖翻。欲知心不卷，迟暮独无言。"沉默无语的美人蕉，花语为"坚实的未来"，深秋在漳州角美的台商投资区，参与"2016形象中国·海峡两岸百家媒体聚焦花样漳州"活动开镜仪式的朋友们都看见，缤纷绚烂的美人蕉花海，那强烈的生存意志和顽强的生命力，在风中雨里，大片大片的嫣红艳黄，张扬得无比炫目和抢眼。

许个愿过年

地球绕着太阳运行，究竟是快是慢？小时候觉得地球的速度超级缓慢，心里老盼过年，在那物质缺乏的年代，大家平日清淡饮食，用今天的话说是"吃得很寡"，连汽水也要等新年才能尽兴地一杯接一杯不停，春节那15天，客厅桌上永远摆满了糖果、饼干、瓜子、花生、红枣、龙眼、年糕等点心，任由小孩自由吃食，大人也不会责骂，最重要的却还是饭桌上的鸡腿。哪听过什么鲍翅、干贝、龙虾？鸡腿也就是春节的美味排行榜冠军了。

吃喝玩乐曾经是新年愿望。一直到突然感觉时间怎么走得那么快？从前看着都是形容词：转眼之间、瞬息间、岁月如梭、时光似箭，怎么到了今天，原来全是现实。

光阴像流水一样不回头，新年许愿的习惯维持原样。每年提醒自己："今年一定要快乐/要幸福。"到了年底发现收获往往是两个字："失败。"

每次许愿都叫自己要快乐幸福。但要怎么样才能快乐幸福呢？有时候连自己也不知道自己需要什么才能让自己快乐和幸福。有人一天赚一百元很快乐，有人一天要一千元也还不够，还有人一天要一万元入息才能有满足感带来的快乐。许多人以为富有的人一定很快乐很幸福，这是一种自以为是的误会。如果健康不好、人际关系不对、生意有问题，单是有钱，也无法提高快乐和幸福的指数。有些有钱人的烦恼和他们的钱一样多。这不是误会也不是妒忌，而是同情，因为他们有些个是我的朋友。

如果不是钱，那要追求什么才能够快乐幸福？

许多要快乐幸福的人，自己也没有一个具体、简单的指标去行动，结果365天过去，快乐幸福仍然悬空，成为达不到目标的愿望。

关键是愿望太过抽象且过于空泛。

实实在在地订下今年的快乐幸福计划：每天晨运一小时，写文章三小时，绘画书法三小时，阅读三小时。每个星期至少完成两篇文章、一幅书法和一幅画，梦想成真时，先尽情享受一下小目标达成的小快乐。至于出书和画展等大目标，等我在抵达的过程中先享受路上的温暖阳光照耀和轻爽清风吹拂的快乐以后，再说吧。

地球照样绕着太阳远行，不管是快是慢，每天都好好地把时间用在自己喜欢做的事上，这样的日子很充实，就很快乐，快乐让人感觉，幸福就在前面等你。

闲适平和行

明明下着雨，却还有太阳。在漳州这几日，时雨时晴的天气，走着走着，在路上的行人也习惯了。开始接受这阴晴不定的气候。雨有雨的秀，晴有晴的美，带着秀美的心情，每天都是好天。

这一日走到平和，走进坂仔已是晚上，雨还在下，气候稍寒，名叫林语花溪的酒店，很贴心地给每个房间的客人准备了一个大柚子和几小包安美枕头饼。安美枕头饼包装上印着"平和特产·来自家乡的特色小点"。

平和不是我家乡，可是那么温馨的字眼，给夜里带着雨丝住进酒店的客人温暖亲切。晚餐吃太饱，亦无消夜习惯，全日步行爬山看土楼，睡眼蒙眬看着柚子和枕头饼，躺在床上尚未入眠，已知今夜有好梦。

醒来到大厅寻早餐，不见备好的餐点，却见墙上"林语堂世界文学小镇"大型广告板，写着3000亩巅峰钜献。板上画出未来美景，桌上还有青绿山水高楼大厦模型。听说自2011年起，就开始以平和文化和台湾山地文化作为园区设计主题。除了建五星级酒店，还有林语堂学术文化园、克拉克瓷文化园、白芽奇兰茶文化园、台湾山地部落文化园等温泉主题文化博览园。林语堂以"两脚踏东西文化，一心评宇宙文章"闻名于世，现在他的出生地借他名字，打造文化旅游的品牌。

清早赶吃早餐，为了准时抵达林语堂文学馆出席"百家媒体聚焦花样漳州，闲适平和"开镜仪式。匆匆吃个包子和白煮蛋，把柚子和枕头饼带着离开酒店。行程一直向前走，每天晚上换一个酒店，却不是浪迹天涯的孤独。不像林语堂，从十岁离开家乡，在世界各地读书和讲学，后来没有再回来过。当初从平和走出去，他一定没想到，有一天竟然有五星级酒店还有以他名字的文化园出现在家乡坂仔镇上。

1895年10月10日，林语堂出生在福建省漳州府平和县坂仔镇宝南村一个基督教会的牧师楼，当时谁都不知道就在这个基督教的牧师家庭里，一个世界文化大师出生了。

1971年，已经76岁的林语堂，抑制不住对故乡的思念，写下"我是漳州府平和县人，是一个十足的乡下人。我的家是在崇山峻岭之中，四周都是高山……我经常思念起自己儿时常去的河边，听河水流荡的声音，仰望高山，看山顶云彩的变幻"。《我的家乡》一文就贴在林语堂文学馆的客厅。

客厅里起码超过一百人。为"百家媒体聚焦花样漳州，闲适平和"开镜表演的男女小学生，到来出席开镜典礼的百家媒体摄影家和媒体人等等，摩肩接踵把客厅变小了。摆在中间的林语堂雕像看着仪式进行。我悄悄地越过人群，到二楼的展厅去参观。大略绕了一下，看见展厅分为四个部分，由国学大师季羡林题写："山乡孩子，和乐童年""文学大师，文化巨匠""魂牵祖国，梦绕家乡""誉满环球，名垂青史"。然后开始静静地慢慢地观看。上楼梯后靠左的展厅算是副厅吧，沧桑岁月在窗外不远那些红砖黑瓦的老房子露出痕迹。房子周边是水波不动的小池，仔细一看，不像湖或池，倒是下雨淹了水的一个坑吧？杂物浮在纹风不动的水上。另一窗口边，油画里的林语堂手上一根烟斗，带着众所周知的林语堂形象，眼神对着来探望他的人，穿过油画旁的窗口，大广告板是"林语堂故居文化核心区概念规划图"。画着未来漂亮的愿景和远景，同时还有文字"寻根语堂，漫步坂仔。根在哪里，语堂的魂就在哪里"。院子里那些绿色大树，浴着雨的叶子青翠饱满。

这里应是林语堂书房吧？单张桌子在书房中央，窗口边的椅子是矮矮沙发椅，似乎并非成套，看着就是不配合。房间里角落处有两个书橱，油画里的林语堂正好面对它们，橱里没多少书，书也排得有点东歪西倒，稍稍叫人失望的是其中一个书橱玻璃门破了，如参观者不守法，可随便把书拿走。更为嘲讽的是书橱门上了锁头锁着。

墙上悬挂着林语堂当年收藏的书画，应是复制品。没真正裱好框好，很随便悬着。几幅张大千的画，包括著名的泼墨荷花，徐悲鸿以小楷写给语堂先生的信，于右任赠送林语堂夫妇的书法，题签"经堂博士翠凤夫人指正"。另有幅红纸写的"回家好开心。林相如。2011.10.16"。曾在漳州作家朋友杨西北博客看到，2011年福建平和县颁发林语堂文学艺术奖时，邀请了林语堂三女林相如前来，应该就是那个时候留下的手迹。

楼梯右侧才是正式展厅，墙上贴着前言和后语。站在门口，看见手握烟斗的林语堂照片对着所有来人，但他的视线却非直视。他在看展厅中间一个中年男人，手拿把略湿的伞，身体向前倾，像研究什么似的，默默地看展厅玻璃内林语堂著作。下雨天，来的人不多。

下楼来，仪式仍在进行，心里稍惋惜，叫孩子们表演的节目是念古诗，如改成朗诵林语堂的《我的故乡》，是否更理想。毕竟，我们来到了林语堂的故乡。他多次在文章里怀想"如果我有一些健全的观念和简朴的思想，那完全得之于闽南坂仔之秀美的山陵，因为我相信我仍然是用一个简朴的农家子的眼睛来观看人生"。

刚刚下车时雨较大，匆匆穿过绿树红花的院子，跑进文学馆，出来才发现林语堂故居就在同一个院子。里外两间，摆着简陋的木制餐桌椅子等。从后边的房间里爬上一个十分陡的木楼梯，小阁楼上简单的衣柜和床，还有小小的窗口，当年林语堂从这个小窗口望向不远处的青山和绿水，童年时期印象深刻的故乡山水在林语堂的文章里不断出现。回到楼下，厨房后面有一口水井，应该是没在用了。水井边是林父林至诚于1900年创办的铭新小学堂。这时一个导游带着几个游客进来，听见他说，就这张课桌，是当年林语堂六岁时在这里读书的座位。十岁的林语堂离开这里前往厦门鼓浪屿升学，从此，为了追寻学问和理想，渐行渐远，足迹遍世界。

回到门口，题着"林语堂故居"的匾高高挂着，院子的围墙开满紫蓝色牵牛花，香蕉树生长在围墙内，门外有开得绚艳的红色三角梅，还有一本雕塑大书，雕刻着《我的故乡》一文，另一边是林语堂一家八口的雕像。雨仍在下，有越落越大的趋势，有人说："快来快来，我们和林语堂一家人拍个合影吧。"旅游巴士在雨中等待我们继续下一个景点。

松花江夜游

那个时候还不知道前去的方向是松花江。

用餐之前，Y告诉我几个老友已相约晚餐后去喝咖啡，广州的L说由刚领稿费的她来请客。走出餐厅，外头是中央大街，凉爽的晚风，闪烁的霓虹灯，路边的乐团表演，广播的美妙旋律，把刚入夜的街道注入一种绚丽活泼的气氛，空气中洋溢着马迭尔雪糕的甜香味，弥漫着闲适舒缓和柔软细腻的浪漫，同来晚餐的学者们没有人要去乘大巴回酒店的意思。人多便没法小聚，几个人私下悄悄把咖啡夜宵改成下一次的相聚时光。

夏天的哈尔滨，游人不绝如缕，乐声不绝于耳。中央大街路旁古典的欧式建筑，汇集不同时期的艺术风格，造型姿态丰富别致，历经沧桑而永恒典雅，单看风情万种的建筑物已是视觉享受，步伐徐缓的理由并非人多如鲫。摩肩接踵走到路尽头，周边的现代建筑，皆以大取胜，大酒店、大购物商场、大灯光，所有斑驳的岁月痕迹都隐没在色彩繁杂的灯光后面。途经大型停车场，刚越过马路，秀气细致的L突然唱起来："我的家在东北松花江上，那里有森林煤矿，还有那满山遍野的大豆高粱。我的家在东北松花江上，那里有我的同胞，还有那衰老的爹娘！"然后有人一起和音："九一八，九一八！从那个悲惨的时候！九一八，九一八！"平时看似没脾气，总是笑眯眯，轻声细语的L把这首雄壮的爱国歌曲，表现得慷慨激昂。

可是，为什么在这里，在这个时候唱抗日歌曲呢？

走在前边的T转回头说，松花江就在前面。这时我们站在防洪纪念塔广场上，左侧是个灯火簇拥的舞台，台上打出荧灯字幕"2015迷人的哈尔滨之夏——生活的乐章·市民艺术节"。人太杂乱了，看不到也听不见是什么表演。后来才知7月底，这项活动特别邀请了伏尔加庄园的俄罗斯艺术舞团来表演，节目有歌唱和舞蹈，其中耳熟能详的有时时回旋脑海的《莫斯科郊外的晚上》，表演者并以踢踏舞的节奏跳《喀秋莎》，以及演奏俄罗斯最有特色的民间乐器"巴扬"（类似我们认识的手风琴）。那晚有上万个来自国内外的观众，特地到哈尔滨消暑，享受惬意凉快夏天，同时赴这一场自由洒脱的音乐艺术盛宴。

8月初抵哈尔滨的我们错过异国风情的音乐表演，心里惋惜。然而，心中更为景仰的景点却是近在眼前的松花江。L唱的歌下半段是揪人心的凄凉："从那个悲惨的时候，脱离了我的家乡，抛弃那无尽的宝藏，流浪！流浪！整日价在关内，流浪！哪年，哪月，才能够回到我那可爱的故乡？哪年，哪月，才能够收回那无尽的宝藏？爹娘啊，爹娘啊。什么时候，才能欢聚一堂？"

色彩变换的灯光把水上的游船照射成七彩斑斓，水里的倒影又把颜色摇晃得一片缤纷，松花江的故事在时间的江水里流转，已经变得模糊不清了吗？然而海外来人无论在什么地方，什么时候，一听见

《松花江上》的旋律，眼泪便失去控制掉落下来，其实仅仅知道当时为了抗日战争，热血爱国的人民离家乡远父母，可是，在松花江上究竟发生了什么事件呢？

出席哈尔滨的文学研讨会之前，特别上网查了一下。"1931年9月18日，农历八月初七，距离中国传统佳节中秋节还有8天。日本不宣而战，悍然发动九一八事变，进攻北大营。等待赏月团圆的东北人民猝不及防，随后的4个多月，他们家破人亡，从此颠沛流离。"

"东北抗联转战白山黑水，开辟了全国最早、坚持时间最长的抗日战场。仅从1931年的九一八事变到1937年9月这6年间，抗日联军就牵制了关东军约80万人。有力支持和声援了各地的局部抗战。"事隔74年，今日读来，心仍旧要发自肺腑地酸起来。日本人突然在中秋节前8天进攻东北，多少家庭的团圆梦被日本炮弹打得支离破碎，中国人从此开始了不只是自尊被践踏得伤痕累累，就连生命也无法自保的噩梦日子。

1936年，在西安二中执教的张寒晖，看到大批东北军官士兵和逃难者在街头流浪，听到他们控诉日军的罪行，倾诉对亲人的思恋和失去故乡的悲伤，张寒晖写出歌词并谱曲，歌词里有流亡者的心声，曲调中有泣血的呼唤，听的人或唱的人，情不自禁泪流满面。

了解《松花江上》的背景以后，更加佩服东北人民，"1932年4月，国联调查团抵达中国，出席会议的中国代表顾维钧不得不承认：'没有东北的直接抗日，在国联大会上简直没有话可讲。'"这回终于到东北，终于有机会看到值得尊敬的东北人，也看看数十年来收在心里的"哭泣的松花江"。

匆忙间登上游船，卖票的人剪票的人都说快点快点，结果我们坐在船上聊了十几分钟，老朋友相聚，笑话频频间还有游客纷至沓来，原来没有特定时间限制，待人坐满方开船。色彩纷呈的游船终于开动，江上风大雨小，船上游人都到船舷边拍照，把两岸耀眼的流光溢彩、灯饰炫目的新旧掺杂高楼大厦都带回家。人声嘈杂，气氛却热闹快活，多少年来，一直以为当我站在松花江畔，会泪流满脸，会悲愤气怒，最起码辛酸沉痛应该会占满我苍凉凝重的心。却是一个和我记忆里、想象中落差太大的松花江夜游记。

纵然不是每个海外的人都清楚这一段悲愤的历史，但因为这首歌，松花江在海外变成耳熟能详的名字。槟城海边有家餐厅就叫"松花江"，以肉骨茶出名，但更多人对没有浓郁药材味的肉骨茶不是太钟情，另一道招牌菜是清蒸龙胆石斑河粉，还有受人喜爱的苦瓜炒蛋。真正的松花江畔，也有著名的东北酸白菜火锅餐厅，一年四季食客大排长龙，拿手的是松花江著名的料理，包括江里的鱼。

"1945年8月15日，日本宣布无条件投降。流浪在外的东北人民，终于回到故土。"岁月迢递流转，许多沉积在时光里的历史，也许冲淡了，风化了，最终成为过去。

以后再到松花江，心情愉悦地乘搭七彩游船，看璀璨灯光，观缤纷倒影，争相拍下灿烂的光影，下船吃个酸白菜火锅，再叫一道清蒸江鱼，不要有血不要有泪，要有歌但不要哭泣，谁都不想要所谓的轰轰烈烈惊天动地，世俗生活是平常实在，温馨自在，人们的要求就这么简单。

水仙花开

　　酒店的餐厅有一盆未开花的水仙，丰硕厚实的青翠叶子十分茂盛，密密相靠着一致向上生长。盆中有水，水里是水仙的头，名称是球根或鳞茎，但因为形状，有人叫洋葱头、大蒜头，六朝时人较文雅，称水仙为"雅蒜"，宋代把水仙唤为"天葱"。好大一盆所以有好多个"雅蒜"或"天葱"。水仙还有不少美丽的名字，如金盏、银台、俪兰、雅客、女星等等。未曾见过漳州水仙花的海外来人，对着一盆水仙的球根和叶子寻觅半天，不见水仙花。

　　拎着失望的心回到房间睡觉。梦中的水仙临水生长，水静静地流，水灵灵的叶片在阳光下闪着嫩绿色光彩，鲜艳黄心白色花瓣的花骨朵昂扬地绽放开来，想象中的水仙一直只在梦里出现，就算人已经来到水仙的故乡漳州。人和人的相遇，人和物的相遇，所有的相遇都要靠缘分俱足才得如愿以偿。

　　隔天听到漳州师大的老师说，春节才是水仙花开的季节。可这时候，眼看已经快接近春节了嘛，就差那一个月而已呀！十二月的水仙仍然不肯绽开，不理海外来人心里充满的期待和盼望，倔强地坚持，连个小小的蕊也不露少少出来好让人惊鸿一瞥。不禁要羡慕汪曾祺，他在"初访福建"到了漳州，见到处处都在卖水仙花。这水仙竟是装在纸箱里成箱出售，还标明20粒、30粒，或20头、30头。原来卖的是未开的水仙花头，买回去以后，得养在水里，等时间到了花才慢悠悠地绽放开来。读到这里，以为汪曾祺跟我一样，也只有见到水仙花头的运气，原来文章却还没写完，当汪经过修理钟表的小店时，当门的桌边放了两小盆水仙。汪强调修表的是个年轻人，然后，汪看见两盆开得很好，已冒出好几个花骨朵的水仙。汪说修表的桌边放两盆水仙，很是合适。这说的是水仙花犹如年轻人般，刚刚开始微微绽开吧。

那年岁末，终于亲临闻名已久的漳州百花村，先看见嫣红姹紫的一大片花海，各种各类不同名字不同品种不同颜色的花儿，五彩缤纷然而不闪不烁，却依然夺目耀眼，霎时间眼睛都迷惑了。那日时间有多，闲闲慢走，经过水仙花店铺，被水仙花包围的花的主人正在为水仙的球根修饰和雕刻，就在忙碌的桌子上，摆着茶壶茶杯，主人抬头见有人过来，招呼说，来喝茶呀。漳州人就这么亲切，仿佛无论谁，来了便是客，或者来了便是亲，都可以坐下来，一起喝杯热茶。

我们没坐下，伫在一旁看主人用小小的刀小心翼翼在雕饰着水仙的头球，就在茶壶边，一个不起眼的花瓶，插着刚剪下不久的一束黄心白瓣水仙。寻觅多年的水仙，终于出现时，迷了的眼即时便找到焦点。空气里氤氲着花的幽幽香气，那花，那香，那有点寒凉的漳州冬天气候，让人感觉极为良好。泡茶的桌上，因为也是工作的桌子，其实有点乱，可素洁清新的水仙摆着，店主埋头在浮游着芬芳的花香里雕刻水仙头的姿态很用心，和汪曾祺遇见的修表店里桌上摆水仙一样，看着也很合适。

　　首次看见水仙花是在加拿大温哥华的街边。朋友说那长长一排在店铺外头玻璃窗旁，以及马路中间围着广玉兰花树下的便是水仙了。那是没有电脑没有网络的年代，住在热带的人从来没见过水仙，听闻中的水仙花，多来自中国。东方的花儿在西方的街道盛开，叫人惊异，且不愿意相信。西方被称为湖畔派的英国著名浪漫诗人华兹华斯的《咏水仙》写他发现开放在树荫下湖水边的水仙迎着微风起舞，评论家说这浪漫诗人把水仙当成一种象征、灵魂和精神。西方的水仙诗可能不少，但是作为华人，接触的中国水仙诗更多些。明代李东阳说水仙淡雅，"淡墨轻和玉露香，水中仙子素衣裳；风鬟雾鬓无缠束，不是人间富贵妆"。同是明代诗人陈淳说它有仙骨，"玉面婵娟小，檀心馥郁多，盈盈仙骨在，端欲去凌波"。北宋黄庭坚也把水仙唤作凌波仙子，"凌波仙子生尘袜，水上轻盈步微月"。凌波仙子据说是曹植《洛神赋》中的宓妃。相传宓妃因无法与自己所爱的人结为夫妇，甘愿溺于洛水，多情的诗人就把洛河女神喻为冰肌玉骨的水仙花。宋代姜特立说它的香气是"清香自信高群品，故与江梅相并时"。近代女革命家秋瑾赞赏水仙气质高洁，"瓣疑是玉盏，根是谪瑶台；嫩白应欺雪，清香不让梅"。当代诗人艾青深爱水仙的"不与百花争艳，独领淡泊幽香"。

　　中国人自古将不与百花争艳的水仙、兰花、菊花、菖蒲并列为花中"四雅"，说得好像喜爱这四种花的人，便成雅士。又将水仙与梅花、茶花、迎春花列为冬天里下雪也开花的四个朋友，称它们为"冬日四友"。由于在万花凋零的寒冬腊月才开花，人们便喜欢赞美它超凡脱俗，并以水仙来迎接春日，庆贺新年，水墨画家最爱在宣纸上以水仙作为"岁朝清供"的吉祥如意报春花。

　　从前不画水仙的我，在漳州目睹水仙玉洁冰清的神韵以后，完全是一见钟情，再见倾心，回到南洋家里，日夜不停地描绘着展翠吐芳、春意盎然的水仙。难忘临上飞机的前一天，在院长家的画室兼书房，书香四溢，图画清丽之外，桌上一束清雅灵秀、香气浓郁的水仙花，让海外来客看花、闻香，久久，不舍离开。

沉重的天公诞

　　千禧年以前的天公诞，总过得沉重不堪。

　　天公诞落在正月初八午夜十二时，正日应该是正月初九，福建人在初八的晚上开始庆祝天公诞。每一年，爸爸都不会忘记重复同一句话"天公生日大过年"。

　　日历上1月1日元旦是新年，可是这里的华人都不过阳历元旦日的新年。"过年"说的是正月初一，马来西亚华人也不把新年叫"春节"，都说新年。农历新年一共要过15天。从初一到十五，中间初七人日，初九天公诞，十五元宵过完以后，这才叫"年过完了"。

　　其实自腊八粥吃过，南洋华人就开始陷入过年的情结里。妈妈开始为制作年糕忙碌，南洋年糕年饼喜欢加入椰汁，空气中因此香味氤氲，年糕永远不会嫌过甜，大家都憧憬新的一年，日日香甜。接着相约购买新衣物，因为并非四季国家，不必换季，一年仅换一次新装，期待365天，只买那三五件，珍贵无比。和今日每天去商场购物或者在网上淘宝不可同日而语。一边购新衣物，一边为储藏食物烦恼。如今每天每餐都可以"啃大鸡"的年轻人不能相信从前的人一年才吃那几只鸡，还得把鸡腿、鸡翅膀、鸡内脏让给家中老的小的，一年吃不到一只鸡腿，内脏则当珍贵食物，要年龄老到一定程度才有资格享用，是补身之品，和今日内脏为大大不良食物，最好不吃，丢弃为上正好相反，物质贫瘠至此，实在无法想象，却是事实。没有超市和商场的年代，年初一至初九，商店休息不开门，市场街边不摆卖，极少饮食店，就算有，不过完新年正月十五也不做生意，家家户户必须在春节之前把至少一个星期的食品储藏在家，方能过个有食物可煮可吃的大肥年。

尤其是鱼虾，非买回家储存在自家冰箱才放心，猪肉鸡鸭得事先定购，烧鸡烧鸭如没提早和小贩预订，到除夕那个早上，尽管天未黎明抵达巴刹也没用，不是小贩不卖给你，他已无货可售了。这就搞得大家似乎很紧张，但却有一种过年的愉悦在空气中浮游，这紧张刺激的喜悦就叫年的味道。现代人说越来越没有年味，因为物质丰富得什么都太多，平常已经把所谓好吃美味可口的东西都吃得不亦乐乎，谁还在乎除夕晚上的那只鸡腿呢？

安心等待年的来临，一边把年糕送到灶台上让灶神吃了，灶神去到天上，甜言蜜语只说好话，那明年吉祥如意、诸事顺利，好运气就有望了。还要整理房子，大扫除当天必须买来青绿竹叶，把那些污秽肮脏的"东西"一扫而空，迎接进来的是福禄寿喜和财神爷，新的一年从此大吉大利。

快乐的年初一，小时候曾经幻想，最好有永不过去的年初一。可以餐餐吃鸡腿，分秒年糕、糖果、汽水，不停吃不断喝，还有长辈分红包。可惜和一切幻想同样，从不成真，不只初一过得快，一眨眼竟到初七人日，妈妈炒了七样菜，不煮肉，因为人人生日不杀生。素食日初七后，令人担心的年初九终于就降临。

爸爸规定如下：不许掸尘扫地，不许洗衣晒衣，不许说不好听的话，全家人非要穿新衣和新鞋，这一天比大年初一更慎重。初九天公诞的忙碌是从年初八下午开始。前一晚妈妈就已经做好需要的年糕如甜米糕，软软的绿豆馅红龟红圆等等。祭拜天公的所有祭品，须以红纸剪出不同的花样，犹如中国剪纸艺术，只是样式较为简单，如福字、春字或是花儿的图样等等，贴或圈在祭品上。拜祭的食物除了水果和糕点，还分荤、素两类。荤的叫牲礼，至少五种，如果前一年赚了大钱，就烧一只猪，不然便以猪头、猪尾和猪肉替代，再加鸡鸭鱼螃蟹，必须选择最大最肥的那一只，尽可能找阉鸡番鸭，蓄意以大来表达对天公的虔诚心意，就连水果也找大黄梨大香蕉，理想的品种叫"国王蕉"（Pisang Raja），还有看起来很大的水果如大西瓜等。素的共有12道，多为干料如香菇、木耳、豆枝、发菜、紫菜等，另外还有12种特别的糕饼，类似平时的豆沙饼，只是内馅有所不同，全是甜的，平日不曾见，必须到传统老店购买，特别为天公生日而制作的"天公饼"，一年只见一次。至于价钱，拜天公不论价格，多少都愿意付给。商贩自然知道祈福人的心态，造成所有拜天公的必需品，在这一天价钱狂飙高涨，参拜的人只盼天公满意就好。

爸爸时常担心天公不满意，这就严重地影响了全家大小的情绪，因此初八晚上全家通常噤若寒蝉，越是接近午夜时分，越是不寻常的安静。沉重地拜过天公，当晚就把烧猪斩件，一块一块分好，隔日清晨才送到亲戚朋友家，再把大番鸭切块，煮一大锅的十全大补汤，炖到隔天早上正好下面线。如今年轻人可能不稀罕，但当时作为小孩的我们，对于拜过天公后，每人自己敲碎鸡蛋壳，剥开一个白煮鸡蛋也极为期待，另外还有加了糖和椰汁、又香又甜的米糕和红龟，也是不必再等隔天马上可以分来吃，包括甘蔗、香蕉和其他大水果。上床时候已经凌晨或者半夜，对于隔日的年初九，纵然爸爸不断提醒"天公生日大过年"，但孩子们并无深切的期盼。

这一天所有的孩子都过得战战兢兢。不必扫尘抹地自然开心，早午晚餐点后洗盘洗碗却得小心翼翼，要是不小心打破一个，嘴里赶快要岁岁（碎碎）平安一番，祝福自己不要让爸爸骂，爸爸当天不会骂人，因为天公生日，但还是给你黑如包公的脸色看。一般这一天孩子们都不太说话，就算开口也比平常要细声细气，深怕嘴巴不听话讲出不对的话，一切谐音也不可以出现，比如你真衰，这糕一直蒸不发，衣服破了等等。

一直到读了不少南洋华人的历史掌故，才晓得当年南来的华人，因为处在陌生的环境，面对炎热的气候，匮乏的物质，各种传染病的威胁，渺茫的前途令他们心里缺乏保障，只能向神明祈求岁岁平安，事事如意，天公在他们心中，便是心灵的寄托。

千禧年之后，受到新时代洗礼的爸爸，也许思想已经和时代潮流并进，也可能是孩子们都长大自立成家，爸爸肩膀担子轻松，每年初九，兄弟姐妹也尽可能都回到爸爸家相聚，天公诞才变成全家人期待的团圆日。

泰南慢游

我们要到泰国南部去旅游。如此大声宣布，新马人听到会嘲笑：去就去喽，还得报告吗？谁要听呀？新马人去泰国南部犹如后门到前门。就连远在中国的朋友也说，新马泰是一条相连的观光路线。中国人到东南亚旅游多选择这条线，出一趟国就走了三国。因为距离甚近，新马人要到泰南旅游，和在自家旅游差不多，而我特别强调我们，是因为其中包括来自世界各地的作家们。大家先聚集槟城，参与采风活动玩了四天，然后相约泰南行。

邻近马来西亚北部的泰南城市有好几个，比较出名的是接壤吉打州的合艾，那是新马人最常去度周末的休假小城。泰南物价比较新马两地便宜很多，有些吉打人甚至每个周末到泰南采购日常生活用品，顺便在那儿吃喝玩乐两天才咬着牙签慢慢开车回来。"东西太便宜了。"马国的吉打人满脸笑容地说。

许多人把泰南游称为"皮肉之旅"。说的好像有点情色，其实，"皮"指的是皮包。合艾街边摊档摆卖各种冒牌的不同名牌皮包，这情景早在其他国家的山寨皮包出现之前就有，购买的人明知是假货赝品，照样愿者上钩。品质当然有差距，可是，对名牌充满憧憬的人，以为提个有名的包，人的地位跟着升级提高。幻想真是厉害，叫人忘记真正的自己。合艾更出名的是"肉"，"肉"有两种，一是做得非常好吃的猪肉。泰国是佛教国家，国民多信奉佛教，并且有一个独有的习俗，当地人把短期出家作为成年礼。泰国人信奉的小乘佛教，和尚过午不食，早饭和午饭是教徒奉献，布施者给予僧人什么，僧人毫不挑择也不计较，什么都吃，听说亦不忌讳海鲜和肉类。所以听到泰国人烹煮猪肉的手艺一流，不必诧异。最叫新马人回家以后仍铭记不忘的是猪脚饭。中国大陆或中国台湾都叫猪蹄膀，听着似乎水平高些。但新马泰华人喜欢猪脚饭的亲切。去过合艾回来，没吃过猪脚饭的人，大家不会相信他去过合艾。另外关于"肉"的说法，是按摩。由于消费低，在泰国按摩的收费和新马的相比相差很大一截。有人为了享受借力使力的古方泰式按摩，每个星期跑一趟泰南并不稀奇。

这一趟我们去的泰南是邻接霹雳州的勿洞。勿洞本来是无名小镇，没什么人听过，突然因为马来亚共产党和泰国政府及马来西亚政府经过五轮谈判以后，于1989年12月2日，三方签署"和平协议"而被人注意。建立于1930年4月30日的马来亚共产党，经历过抗日、反英，还有反当权者的政治斗争，最后签署和平协议，地点选在合艾。因此名气火红的小城其实还是合艾。然而，就在这个比合艾更小，更没有人知道的勿洞，泰国政府为了让放下武器的属于马列派的前马共，回到社会之前有个缓冲的地方，设立了友谊村让他们安家落户。只要愿意接受泰国政府的献议，每对马列派共产党员夫妇皆可获得一笔安家费和8英亩的耕地，当时的建议是种植橡胶和榴莲以维持生计。

开垦了山区，种植橡胶和榴莲以后，发现气候和地质皆不适合，关心民瘼的泰国诗琳通公主知道了，建议改种花卉，结果成功创立"万花园"。花卉出口成为此地经济来源，赏心悦目、清香四溢的鲜花吸引众多游客来此休闲赏景。热爱华文文化的诗琳通公主，特地到中国学习中文和书法，万花丛中有三个中文字"万花园"正是三公主的亲笔书法，和当年在曼谷唐人街牌坊见到的公主中文题字"圣寿无疆"一样，诗琳通公主的书法展现出来的不能算是书法家的字，却是热爱中文和中华文化的一片心。

"万花园"的观光是在雨中进行的，生活在南洋的作家对若即若离的太阳雨非常习惯。来自世界各地的作家们也跟随着南洋人的步伐，学习和热带雨打交道。五彩缤纷竞相绽放的鲜花折服了观光者的心，雨小一些，大家停下来拍照，雨变大了，我们就在树下避雨。一边看着朦胧的雾气在远山间缥缈，想象当年在绵延的山脉里，坚持为爱国而奋斗的马共走在险峻峥嵘的崎岖山径上，千山万壑峰峦起伏间，逶迤的何止是山路呢？

走进友谊村的Piyamit地道时，山路已建石梯，阶梯两边皆为森林大树，树林里闷热潮湿，为了迎接游客，山道开发得容易攀登，然而对平时生活舒逸的旅人，这台阶还是爬得气喘吁吁。一路上立有简陋的说明牌子，终于来到解说厅，先看到"地道游区分布图"，说明文字有泰文、英文和中文。厅里并陈设着马共当年用过的大型厨具和生活用具，今天的人很难相信，竟然有人愿意隐匿躲藏在这么克难的地方为理想斗争？理想总是美好的，理想也总是和现实有分歧的。

走过地洞出来，看见青色的草地、翠绿的大树和蔚蓝的天空时，这一段洞中路途带来的心理压力方得以纾解。

曾经在这个时代走过的人，都知道这是一个时代的悲剧。仅仅是为了一个他们觉得非常伟大的理想而走完了一生。这一生，绝对不能以胜利或失败来定论。作为一个人，能够为自己的理想奋斗付出，纵然是以生命为代价，亦不后悔。这一生，没有白过。

在勿洞，我们遇见了建于1937年、采用钢骨水泥筑成的高达320厘米的邮筒。当地导游陈建平，长相英俊、样子单纯，笑容无邪的他说：你们可以叫我陈平，比较容易记。陈平说因为当年这里道路不好，几个附近的小镇共用一个邮筒，邮差有时候一个月才来收一次信，所以就有了这个可以计入吉尼斯纪录的世界最大的邮筒。一大群燕子站在半空杂乱无章的电线上，游客战战兢兢和大邮筒合影，邮筒没事，担心的是当空落下的燕子粪便。其他观光景点还有泰国特有的佛寺和神庙，还有勿洞著名的热水湖、博物馆等等。

每到一个地方，陈平都说不赶时间的，我们慢慢走慢慢看。这和一般赶鸭子似的旅游团差别太大了。日本韩国和港台的人来到新马，啧啧赞赏生活步伐之缓慢，到了泰南小镇才晓得慢是怎么一回事。下雨了，就在景点里等待，看雨看山看人看景看花，雨太大了，那回酒店休息吧，明天再去。这么慢悠悠的地方，不正是这个时代，众人在追求和向往的慢生活吗？

回到槟城以后，我们忍不住大声宣布：我们还要再到泰国南部去旅游。

有庙的海角

　　世界华文作家采风团的首个景点，就是贴近槟州华人大会堂隔邻的"广福宫"，作家们听到导游提起"福德正神"，说是没听过。这位东南亚华人民间信仰中的地方保护神，却是槟城华人社会最钟爱的"福神"。

　　1786年7月17日，英国人莱特在他的日记里记载："随行人员伐树木，设帐幕，有一小艇来自吉打，由Captain China带头，并有印度基督教徒数人，亦携有渔网一具。"这一天，代表东印度公司的莱特，乘军舰抵槟榔屿，随行有5名军官、炮兵15名和土人水兵百名。

　　日记里的Captain China（华人领袖）是原住在吉打州的首位华人甲必丹（即Captain译音，意为领袖）辜礼欢。我们可能不知道谁是辜礼欢，他是福建人，送渔网给莱特，据说带有"希望"的意义（"渔网"闽南语与"希望"同音）。不到一个月后的8月11日，莱特正式登陆并宣布占据槟榔屿，改名韦尔斯太子岛，并把他已经开辟的那个地段命名为乔治市，用以表彰当时的乔治三世国王。乔治市就是今日槟岛的老城区，也是游客众多的世遗区。1787年5月7日，辜礼欢的渔网果然希望成真，被委任为甲必丹，管理当时的一二百个华人。他索性从北部的吉打迁移到槟榔屿居住。1805年，槟岛设立市政府，辜礼欢被委为市议员，是英国政府管辖下的槟榔屿第一位华人代表。这些都是属于南洋华人的骄傲。中国人比较熟悉的辜姓人士，是辜礼欢的曾孙子——辜鸿铭。

后来华文的记录是吉打州早期的社会侨领林友祥在一篇序文中写的："前贤筚路蓝缕，艰难缔造，几经扩展，始有今日之史载。自1786年，莱特氏抵槟榔屿，有一个吉打华人甲必丹曾携带渔网及米赠送……"这份根据莱特日记做出的序文指出的华人甲必丹想必就是辜礼欢。可是，18世纪，没有手机，没有电脑，没有网络，是谁告诉华人甲必丹辜礼欢某年某月某日英国人莱特即将抵达槟榔屿？真是神奇。不过，后来辜礼欢的致富之道，也就是今天许多企业家的致富之道，同样是和政府官员攀上关系以后，生意越做越大。也许不能用官商勾结，但确实是依靠政治关系获得许多商业利益。今天都说，要致富，先修路，意思就是交通方便将会带来许多商业好处。这路，其实也包括了人际网路。当年住在吉打州的辜礼欢必定有许多人际关系，人面比其他人更广阔，才有这第一手消息，让他从吉打州海边"迢迢千里"搭乘小艇往南走到槟榔屿，且送上一具渔网和米，让英国人莱特对他，一上岸便相识的第一个华人，留下深刻的好印象。

林友祥的序文重点说的是"……证明华人居留此间已先与莱特氏矣"。莱特初抵槟榔屿时，居民只有58人，其中有三个，就在有庙的海角（Tanjung Tokong）居住。有记录说居住在海角的三人都是渔夫，也有说"一个姓张的是教书先生、一位姓邱的是铁匠、另一位姓马的是烧炭人"。他们都在1745年来到槟城，巧合的同是客家人。这三人都被尊奉为华侨的开辟者。而且，在《马星华人志》里记载，"比莱特早来了41年的这三人，死后化身成为大伯公"。

来自世界各地的二十几位作家，在Jalantanjung Tokong（丹绒道光路）下车，这条路是马来文名字，翻译华文的意思是"有庙的海角"。由于旅游巴士没法直接开到海岸边，下车得走一小段路，踅进小巷，站在小档口做买卖的，坐在咖啡小店吃下午茶的，以马来人居多，再往前便见一入口的牌楼，红砖绿瓦的楼顶有雕砌的双鱼，四平八稳的中文题字"海珠屿大伯公庙"告诉我们观光景点到了。然而，真要走到海边，还得穿过一条两旁都是华人小店的小巷子。下午的风很大，空气中带咸咸的海鲜味道。半砖半板的房子门口，摆着红花绿叶在迎接海外来客。闲闲无事的老人家坐在自家门口看报纸。槟城华人特别喜欢看报纸。不论是在家里或者在咖啡店都要捧一份报纸长坐。许多咖啡店业者，都订好几份报纸供顾客阅读，这不是星巴客来了以后才有的文化。两排简单朴素的住家之后，听见作家的欢呼声，原来是蔚蓝色的大海平静地在阳光下发出粼粼波光，是光彩耀眼，也可能是微微扬起的浪花鼓动了作家的情绪。岸边有个临时搭起来的戏台，挂在台上的布条说明远渡重洋而来的是中国福建漳州的歌仔戏班，到槟城海珠屿大伯公庙为农历七月盂兰胜会的庆典演出。漳州的作家蔡文原乡情顿涌，到台上寻乡亲去。

农历七月俗称鬼月，南洋华人传承了当年祖先南来时带来的祭拜祖先、普度孤魂习俗。中元节原本落在七月十五那天，但在槟城几乎每一条街都在庆祝，庆典各自订在七月里的不同日期以免相撞。祭拜的不仅是自家祖先，为普度孤魂野鬼，祭台摆在街边让全条街坊的人都参与，并把祭拜的东西分给亲戚朋友或穷困者共享。槟城庆祝孟兰胜会除了布施给人和鬼之外，还顺便利用人们到来祭拜的当儿，要求筹款捐给华文小学和华文独中。有人尝笑言：在槟城办华文教育，不只是人要努力尽心，有机会的时候，神也要帮忙效力，甚至在农历七月期间，连鬼也不得不来为华文教育筹钱。

2016年8月，作家们站在槟城最古老的庙宇，海珠屿大伯公庙前，望着大海，1792年建庙时的大海，和今天一样平静蔚蓝吗？大伯公庙会长刘志荣律师为我们解说大伯公。跟着他手指的地方一看，才发现古庙旁的三个老坟墓，便是比英国人莱特早来了41年的三个客家人死后埋葬的地方，难怪有化身为大伯公之说。大伯公俗称"福德正神"，是民间的福神。槟城人相信是大伯公的保佑，让槟城兴旺至今。每一年农历二月十六为大伯公庆典，信众和大伯公庙的董事们在拜祭大伯公的时候，也在老坟墓前举行拜祭仪式，祈求全民顺利平安。今天不是节庆日，庙里照样香烟缭绕，小小的庙里高高悬挂的立于宣统元年乙酉仲冬吉日"福德正神"牌匾黑得发亮，就是香火鼎盛的结果。

旅游车离开有庙的海角，作家们在车上开始翻阅由海珠屿大伯公刘会长赠送的《图话大伯公》一书，并细细探询大伯公的故事。也许有人觉得槟城华人真迷信，然而，当年华人从中国南来，这里仍为蛮荒之地，面对未知的瘟疫、疾病、天灾、人祸，拓荒的人不得不寻求神明的庇佑和心灵的慰藉，正是大伯公这位福神，给了他们心灵的温暖和美好的希望。

用马来西亚的天气来说爱你

　　炽烈的阳光并没有因为来了世界各国的作家，客气或礼貌些将温度稍为降低，让客人体会比较凉快的舒适气候，实现槟城主人的愿望。在大家边行走边聊天边抹汗的当儿，主人只好热情地笑着道歉："让我们用马来西亚的天气来说爱你。"这首由马来西亚著名才子报人张映坤作曲，激荡工作坊群组唱的歌，是我们自嘲马国高温天气时用的说辞，顺便推销一下马国的音乐界人才。午后气温徘徊在32至34摄氏度之间，来自武汉的女作家说这哪算热呀？"武汉夏天最高气温达42摄氏度。"作为主人时，极想把一切最好的都献给客人，明知天气非个人掌控范围，仍心生歉意。来自福州的朋友也同意说这不叫热，还有风吹呢！"福州夏天气温有时接近40摄氏度！"贴心的体己话听着真安慰，感动不已的主人在燥热的风中感觉愉悦。

　　一群人下了旅游巴士，有人戴上帽子，有人打开阳伞，皆是游客行为和姿态，顶着暴晒大太阳勇往直前的是本地人。众人脚步随着笑意盎然的导游小谢朝向100多年前，来自中国的华人祖先最早聚集的地方行去。仁在"姓周桥"的牌子前小谢解说："这里便是槟城著名的姓氏桥。"牌子是英文书写"Welcome to Chew Jetty"（欢迎来到姓周桥）。下边英文小字译成中文是"联合国教科文组织世界遗产地点"。

"姓氏桥"为乔治市热门观光景点之一，却不是一座桥。这里本来由九座不同的桥构成，分别为姓林、周、王、陈、杨、李、多个姓氏组成的杂姓桥，2008年乔治市申遗成功，原有的姓郭桥和平安桥已在发展的洪流下遭受拆毁。保留下来的七座桥，其中规模最大、最热闹、游客最多的是姓周桥。

顺着栈桥往前走，因是一条直桥，小谢不担心走散，"原路走去，原路返回"。作家们一听，即刻放心开始自由观光行动。有人拎出手机前后左右拍照，有人已去询问旅游纪念品的价格，购物亦是旅游乐趣之一。一女作家吃惊地说："两旁都是住家！"她刚刚发现这姓氏桥不是真正的桥，而是水上人家的出入通道。她指着桥底下贴满蚝壳的粗木桩，说："这些历史悠久的木桩，竟然经得起海水的冲击浸泡而不会腐蚀损坏，真神奇！"桥面上铺设木板，桥两侧的住家亦为木板屋，也有后期修建的半砖半板屋。这桥大约有75户人家，都是19世纪中期，来自中国福建省泉州同安县杏林社的周姓人家，同乡之谊使得所有房子的大门几乎都没上锁，甚至也不掩上，人人皆可自由出入。

槟城当年以港口贸易著名，南来的中国人不完全是经商者，他们到来，若住到陆地上去，须缴交各种和房屋有关的税务，比如门牌税、水电费等等，身边只有饥饿相伴的贫穷移民，连吃饱穿暖都成问题，遑论住房。为了方便互相济助，寻找同乡同姓人一起携手在海上建造房子。这其中大部分人靠捕鱼为业，另一部分从事港口驳运和海洋运输产业，皆属劳动阶级。由于无钱付给地税，只好在没电供水供的情况下居住。今天打开自来水龙头，水就来了，按一下形状，就有电流的年轻孩子，根本无法想象那种生活。只为喝一杯水，得先到陆地上别人家里购买自来水，尚得自己担到家里的厨房煮开，才有开水喝。每天晚上都在无灯的夜里摸黑，倘若需要照明，用一种昏蒙不明的火水灯，闽南语叫"臭土灯"，听着便晓得那灯的味道并不好闻，点燃时家里空气质量不免受影响，要不然就是一片黑暗。生活艰辛困苦，不同姓氏的桥却一座接一座出现，最后形成槟城海边一道独特的水上村落风景。

乔治市入遗后各国游客慕名前来，姓氏桥上人头拥挤，许多住家改成店铺，门口走道摆挂商品，并非昂贵名牌，多是旅游纪念品，比较有代表性的有小娘惹的磁铁、画着槟城街头"姐弟共骑"壁画的T恤和手袋等、女装峇迪花纱笼和男的格子纱笼、各色花样的帽子和阳伞等等。

商业化的代价是纷扰喧嚣。有些人家的门口立着"不许打扰"的牌子。明知道向前走的岁月，无法让他们还原从前安宁静谧的平常生活，只盼游客自动自发别过度骚扰。听说有过于主动的游客，从住屋大门一路川行到后门，随意参观，自由拍摄，且好奇地打开人家厨房餐桌上的菜罩，查看今日午餐吃剩什么东西。

"禁止擅入"的牌子旁边，坐着笑眯眯的老妇人（当我们当她是风景的时候，她也当我们是风景呀！）态度亲切以闽南话问："要不要进来喝茶？"多好的问题呀！作为槟城土人的人马上感觉脸上有光，嗓子提高两度："我们槟城人很好客的！"美国作家立马点头：

"我同意。"笑着对槟城年轻人说："我们这两天就很深刻地体会到槟城人的热情。"

老妇没有因为我们的拒绝而不满，继续邀请："要不要进来坐坐呀？"有人也许误会她热情的邀请里蕴含别的意图。其实槟城人的待客之道向来如此亲切。"可是我们时间不够，下次吧。"我说。老妇对我们摆摆手："记得呀，下次来。"

来参与槟城采风活动的世界各地华文作家共30个，有些是首次走进槟城乔治市，也有来过多次，仍然喜欢并想要再来看槟城的朋友。他们对姓氏桥的景观不只好奇，更多的是关心，因为这里是南来华人第一站。也因怀旧情意结，平日一有时间，常常到姓氏桥走动，那些悠闲地坐在桥头桥尾庙宇的老人家，安详地阅报、看电视、聊天，喝茶或咖啡并吃点心，可惜周遭环境肮脏杂乱。后来阿牛导演，演员李心洁、戴佩妮、梁静茹、曹格等演的影片《初恋红豆冰》，在姓周桥拍摄场景。过后姓氏桥办了几次艺术创作坊，不能说居民从此对艺术有认识，然而，姓氏桥住户逐步在改变生活习惯。门前门后，木桥栈道旁栽种许多缤纷花树，居民不再随手胡乱丢掷垃圾，环境干净美观之外，桥上尚有手写的色彩丰富指示牌：旅馆、杂货店、庙宇、海鲜餐厅、美发院等，且画上箭号，方便游客观光路向。

姓氏桥出来，骄阳仍似火，作家们毫无怨言，在车上大力赞赏风景和人情之美，可惜我不会唱歌，要不然，真想一路上给大家唱首"我太爱这片土地，当然也爱上了它的天气，让我用马来西亚的天气来说爱你"。我们的热情就像我们的天气，热，可是叫人难忘。

百花村里寻水仙

"这里叫百花村。"南安女子带惠安女子到漳州，路过一条不起眼的小路，她指着一排矮矮的房子告诉我。那时，我们坐在一种叫板车的交通工具上，不冷不热的秋日天高气爽，板车像人力车，只不过不是用拉的，是一辆装有木板作为客人座位的三轮车，车夫就在我们坐板旁用力踩踏，板车四面毫无遮掩，风迎面吹拂，感觉挺凉快。这体验异常新鲜，这村子名字很特别，原来世上真有百花村，以为古代或武侠小说里才有的地方呢，于是牢牢记住了。

那是1993年，鼓起勇气自己拎个行李箱，单身一人到厦门大学学习。身为福建人，出生在海外，根本不知福建历史，在厦大听说按年代顺序，应是先有漳，然后轮到家乡惠安的泉州，厦门名气虽响亮，海外游子大都知道，却是后来才发展出来的。人在南洋，长期以为排名是厦、泉、漳，怎么人到福建就变成漳、泉、厦了？惊讶之余，决定到漳州老城看看。交通颇不方便的年代，一大清早先是搭公共汽车，没空调，且无开车时间表，待搭客坐满才发车，老旧的公车轰轰声吃力地从厦门来到漳州，抵车站下来，南安女子说我们坐板车吧。尚未听清楚交通工具名称，她伸手一招呼，一部不曾见过的板车到眼前来了。

"百花村里全是花。"南安女子为我介绍。经过时只见小路两边果然都是花，板车速度虽慢，却也一个晃眼便过去，时光同样晃一下眼便过去，后来再到百花村，已是2015年岁杪。

和北方冬天大不一样，漳州冬日不下雪不落霜。自住宿的宾馆大堂出来，空气中蕴含微微寒意，比凉快更冷些，恰到好处地让女人有机会着上冬装，做不同打扮一下让自己和别人看着新鲜，又不必将自己层层密密包得像裹粽子般臃肿，这样的冬天受人欢迎。所谓的银装素裹，茫茫大雪从天而降的雪花飘飘美景也就没机会出现在漳州。然而，这却是适合鲜花瓜果生长的气候，于是漳州被称"花果之乡"，抵漳州一看便晓得当之无愧，毫不过誉。幽雅的漳州宾馆被一个大花园包围着，绿树成荫，鲜花盛开，为开会忙碌地进出之间，正好是赏花之时，来回之际喜欢叫计程车司机停在宾馆园林外，徐徐漫步，细细观景，一边感受漳州的冬天仍有百花绽放的艳丽、温暖和美好。

初次到漳州，南安女子已详细说过，这"花果之乡"有三宝，一是"八宝印泥"，有"入水经火永不褪色"的特点，还被人称颂有冬不凝固、夏不吐油的优势。另一宝是全世界著名可治疗多种肿痛病症的中药"片仔癀"，以上两宝，无论任何时候到漳州，随时随地可寻着。另外一宝，是被古人形容为"凌波仙子"的水仙。从花的名字听不出有什么特别，然而，倘若季节不对或机缘不足，要见它一面还不是容易的事。那年路过百花村，只听南安女子说，漳州的水仙要在农历正月春节期间才开花。后来多次到漳州，甚至三次都去了位于漳浦以花卉奇、多、艳闻名的东南花都，却始终和"借水开花自一奇，水沉为骨玉为肌"的水仙缘吝一面。然而，"天下水仙数漳州"，人到漳州，不见水仙不死心。

某年五月在厦门，原籍龙海的朋友刻意安排到龙海市浮宫镇采杨梅，龙海正是水仙花的产地哩！开始进入夏天的龙海，满山红得发紫的杨梅，一株水仙也不见。吃着个大艳红味美的杨梅时，想起宋代平可正的诗歌："味方河朔葡萄重，色比沪南荔枝深。"感觉杨梅的味道真太甜美，可是，这里是水仙花的故乡呀！略带惆怅地回来了。纵然眼不见水仙，当代诗人艾青咏叹"不与百花争艳，独领淡泊幽香"的水仙，仍在爱慕水仙的人心里，开得正盛。

走向百花村的路，距离不算太远，却花了20年，这趟搭计程车过去，离开市区5公里路，不必20分钟便抵达。明朝永乐年间，宋代理学家朱熹的后裔来此避祸，种花度日，发现气候适合，过后世代相传，种花卖花。下车望去，家家户户门里门外皆是花，一片五彩缤纷姹紫嫣红。每年有三分之一时间住在漳州的Z，爱花如命，知我亦是花痴，晓得我人在漳州，非要陪我一起来看花。

两个南洋花痴面对那么多种类的花，喜不自胜。逛来逛去，因隔日要返家，没法买花，在花丛中漫游，闻着花香，看着花开，快乐地像遇到好朋友一样唤着它们的名字：康乃馨！圣诞红！风信子！茶花！三角梅！茉莉花！好香的香水百合！这么多品种的菊花！哎呀！你看这里有说明，原来这花叫仙客来！我们一直叫紫罗兰是叫错了？那是八仙花，我在日本小说里读过！快来快来，这里有郁金香呢！不必到荷兰去看了！你看！这是真的腊梅和真的梅花呢！在马来西亚，春节期间，华人的梅花情意结促使很多心念梅花其实没真正看过梅花的人，对着图片，以手工制作梅花和腊梅，摆放在家里增加春节气氛。缓慢的脚步在每一家店铺的花海中流连，不同的花卉不同的姿态不同的香味却同样都很美丽。

一阵清香扑鼻来，还没仔细看清楚，Z就说：哪！你在寻找的水仙花。一家花店门口的桌子上有茶壶、茶杯、红枣和龙眼干，还有一束绽放的水仙花，随随便便插在一个不是花瓶的玻璃瓶里，却无损花的美貌。这花店的老板未免太会享受，观赏水仙，闻着花香喝茶，这样喝的茶也增添了水仙的香气。老板手上忙着修切水仙的球茎，一边亲切地招呼："来喝茶呀。"如果不是因为陌生，真想坐下来喝茶看水仙，那就更深切去感觉一下巾帼不让须眉的秋瑾歌咏水仙诗："瓣疑是玉盏，根是谪瑶台。嫩白应欺雪，清香不让梅。"

百花村中百花开，游人旅客纷纷来，有人来买花，有人来看花，欣赏不同韵味不同风情的花，闻着馥郁怡人的芬芳花香，沉醉花丛中，沐浴花香里，人人心情舒畅快乐模样，而我比所有的人都多一份喜悦，纵然迟了20年，却终于觅着我梦中的水仙，因这一场相遇，冬日里的百花村给了我春天的美好温馨。

相遇艺术家的城市

气候极好的夏天，不冷不热，凉快的风在巴塞罗那的街道上吹拂着艺术家的作品和故事。《堂吉诃德》作者塞万提斯曾说："巴塞罗那是西班牙的骄傲和世界上最美丽的城市。"美丽的艺术摇篮孕育出来的大师有毕加索、达利、高迪、米罗等数不胜数。大师是让人仰望的太阳、月亮和星星，有的火热，有的温柔，也有的含蓄低调，同样的是都高高悬挂空中，可望不可即。在巴塞罗那闲走，大街小巷的每个转角处，都有机会和艺术家相遇。

无意中进去的博物馆，摆挂着毕加索的《和平鸽》，寥寥几笔便成众人心中永远的和平象征。漫步经过路边小店，惊见橱窗里色彩绚艳的蜥蜴，大小造型各异在观看旅人。许多人不喜欢蜥蜴，尤其女人。艺术家却有本领把这爬虫成功塑造成他的艺术符号，见蜥蜴即见高迪。你喜欢或讨厌，与艺术家再无关系。趸个弯的铺子，空间超级狭窄，摆满毕加索的牛。既有早期体型庞大、有血有肉、雄壮威武的肥牛，又见后期就三两笔，以减法画就的、没皮毛只有骨架的描绘，欣赏的人爱的是牛的神韵。不只是画，亦有雕塑，还有目图画中生产的周边产品如杯盘、碗碟，围巾、T恤、袜子、浴巾、手帕等等。在这无处不艺术的城市，画家不会可怜到要待死了以后才出名吧？

毕加索、达利，生前便名利全收，过着叫人羡慕的好日子。带路的人讲到这里，突然伸手往前一指，看！米拉公寓！看的人很难忍住惊讶的表情，张嘴结舌对着一组波浪形状、曲线无比奇特的建筑目瞪口呆。米拉公寓的周边，是一般普通公寓，更显得它结构特殊，石块似乎是液体的、有机的，波涛仿佛随时会化成海水流下来。1906年始建，1910年建成的公寓，至今稳固地在路旁掀着永恒的波浪，吸引游客的眼球，虽说极尽抢眼夺目，可所有人的眼球和米拉公寓始终没有掉坠下来。这幢外形显得荒诞不经的公寓，是建筑师高迪认为他建造得最好房子，"是用自然主义手法在建筑上体现浪漫主义和反传统精神最有说服力的作品"。

在巴塞罗那，叫人惊艳的何止米拉公寓。前日黄昏抵达，自地下火车站出来，是著名的加泰罗尼亚广场。这个集购物、娱乐和交通中心的广场以喷泉和雕塑来欢迎来自世界各地的旅人。午后天空的颜色异常漂亮，深蓝浅紫的和谐色彩像某个画家油画里呈现的风景。逐渐阴暗下来的天色，对身处异地的旅人形成压力和威胁，在冷风中举目无亲的人，搜索的目光企图寻找看起来像中国人的黄种人。在喷泉旁坐着一个带孙子的中年妇女，儿童推车上的孙子一双黑白分明的眼睛滴溜溜转，惹人喜爱，可中年妇女冷冷地看问路的人一眼，转头不理不睬，并将坐姿和目光一起换个方向，恐怕是听不懂英语和普通话吧。

拉着行李箱往前走的旅人，寻觅拉布兰大街和一间名字与画家达利相同的酒店。行李箱的咯咯咯声忽响忽停，街头各色艺人纷纷登场，像在参加创意大赛，唱歌拉琴跳舞绘画，或把自己装扮成雕塑，动也不动立于路旁。拉行李箱的人像出城的山巴佬，眼花缭乱目不暇接。路旁小摊档售卖的商品，明知是工厂大量生产，缺乏收藏价值，却因艺术家的图画叫人很喜欢。小档老板极友善，以英语加比手画脚，发现正走在拉布兰大街上，往前边不远的小巷子拐个弯便是达利酒店。

　　选择达利酒店，当然是因为达利。一个你可以不喜欢他，但不得不为他的想象力和才华折服的艺术家。充满自信的艺术家说："在超现实和我之间唯一的区别是，我是超现实的。"喜欢在作品里强调情欲和女人的达利，创作许多根据评论家说是与他的性焦虑相关的作品。我记忆深刻的却是一件我个人看起来无关女人的《永恒的记忆》，这是一个把柔软的表挂在枝头上的青铜雕塑品。他说："时间是在空间中流动的，时间的本质是它的实体柔韧化和时空的不可分割性。"便有评论家解释，这作品呈现的是"相对论"："时间的速度不只是科学的，更大是取决于感受。意思是快乐时光瞬间即逝，乏味的时间变得缓慢。"那只柔软的表，在他不同的作品中反复出现，被人命名为"达利的表"，变成众所周知的达利象征。达利已不在，作品停止生产，可是，达利的表仍在许多纪念品店出售。

　　看起来软软的表是达利的，看起来软软的建筑物却是高迪的。高迪被号称这城市建筑史上最前卫、最疯狂的建筑艺术家。前卫和疯狂总是并排一起。超前的艺术品，看不懂或难以接受，艺术家便是疯子。高迪年轻的日记本中写过这句话："只有疯子才会试图去描绘世界上不存在的东西。"不知是谦卑的形容或自负的赞赏，还是给未来的方向做了定位。他的毕业设计通过了，校长的感叹是："真不知道我把毕业证书发给了一位天才还是一个疯子。"横跨天才和疯子的高迪，精心设计的古埃尔公园，是我人生第一次搭户外升降梯去的公园。

古埃尔是高迪的知音人。他出钱，高迪出设计。两个幻想家在1900年计划把巴塞罗那郊外一座光秃秃的山头打造成花园式住宅。那里地势实在太高，两部大型的电动梯连接上去也还得步行很长一大段陡峭得叫人气喘如牛的山路才能抵达。有人笑言"巴塞罗那的富人不想天天爬山越岭，因为他们不是山羊"，结果富豪住宅区建不成，公园却成全球旅游者必到之处。高迪的灵感源自大自然，加上丰富的幻想力，公园里充满缤纷色彩。小桥、道路、色彩斑斓的马赛克装置，全都曲折有致，蜿蜒的弧度让所有的东西仿佛在飘荡和流动。最具特色的立体廊道，顶上是路，廊下没有一根笔直的柱子，由粗糙的石料依山就势而建，柱子像森林中的树干。童话梦幻世界般的公园让孩子们玩得尽兴快乐，喜欢艺术的旅人在这儿如鱼得水，流连忘返，简直是一件悬挂在空中的霸型艺术品。将建筑、雕塑、色彩、光影、空间和大自然环境融为一体的古埃尔公园，耗费高迪14年工夫才建好。但这还不是高迪最伟大的作品。他的心血结晶是巴塞罗那市区内举世闻名的圣家堂。

穿过阴暗的地铁站走到阳光下，一个没有一条垂直线条的高耸入云建筑物出现眼前，不能用惊艳，应是震慑。那错综复杂的造型实在难以形容，一时间无法向前行去。大量圣经故事的雕塑和其他教堂相似，不同的是墙上爬着蜥蜴、蝾螈和蛇等。建筑似乎以松软的黏土捏出来，在煦暖阳光照射下，叫人担心这个宏伟又卡通、古典又科幻、神秘又写实的教堂是否随时会融化了软塌下来？

自1883年开始由高迪主持建筑工程，到2016年的今天工程仍在进行。1926年6月10日巴塞罗那全城喜气洋洋在举行有轨电车通车仪式，当那辆以鲜花彩旗装饰着的有轨电车，在掌声和乐曲声中开动时，突然撞倒了一位衣着寒酸的老人，送院不久断气了。医院将这形容枯槁的老人当成街头流浪的乞丐要送葬时，幸好，一位老太太认出：死者是安东尼奥·高迪。

安葬在圣家堂地下墓室的高迪，为这个城市留下了六座世界遗产，至今还没有谁可破他的纪录。

欧洲回来后，念念不忘这每一脚踩出去，便和艺术家相遇的城市。

巴塞罗那夜夜在梦中呼唤我：再来，再来。

花开见喜

每天画画，每天提起画笔，都有转一下方向的念头，或改画动物，或人物，或把风景留下，索性转去画山水吧？已经画了二十来年的花鸟和虫鱼呀。

于是铺好纸，蘸上墨，点了色，落笔时，仍见斑斓缤纷的花。山里的红花，水旁的黄花，园里的大花，路边的小花，不论是有名的花无名的花，都在宣纸上深浅浓淡逐渐泛开。当繁花朵朵在纸上盛放姿颜时，心便安静下来。

纵然遇到不愉快，生出不少烦恼和忧伤，在勾勒线条和点染色彩时，那些气怒悲愁在美丽花儿璀璨绽放间，静静地一点一点遥远而模糊了去。

我真爱画画，爱在创作中表达我生命的喜怒哀乐，表达我对人世间的各种看法和想法，以入世之心画出世之意，这回到福建四地巡回个展作品让艺术评论家刘登翰老师看见后说："简与繁，静与闹，白与黑，素雅与华丽，处处充满了画家的艺术辩证法。"

在绘画、展画的过程中，多个收藏家要求我画山水，他们说更喜欢收藏山水画。有些收藏家是朋友，因此尝试以山水"写胸中逸气"，画好以后，朋友说美，但画家本人不喜欢。画画对我，讲求"甲意"，这句闽南话意思是"喜欢""称心如意"，就是要合自己的心意的意思。山水画我也喜欢，不过，直到目前，山水还不是我思想栖居之地。

倘若把视觉效果作为绘画的终极目标，提供的仅是赏心悦目的愉悦，不免流于表面肤浅；纵然绘花画鸟，亦可追求内质之美，只是必须用心灵去感应自己的生机，赋予笔墨意义上的生命力，绘画创作中永恒的命题应该是人文意蕴和精神内涵。

图画里不见画家对生命的感动，没有画家的心灵和情感，作品便失去生命力。每天用十个小时，认真努力写和画，呈现的作品倘若缺乏生命力，等于白费宝贵的时间和精神。

写作和画画，是心灵安放之所在。每天写，每天画，外面也许晴天，可能下雨，就算太阳大，或风大，或雨大，只要宣纸上花开灿烂，每天都感觉幸福和欢喜。

丁酉年到了，祝大家花开见喜。

荔枝红城

　　齐白石第一次和荔枝相遇，在钦州路边的田里，硕果累累的紫红色荔枝交织错落在青翠碧绿的叶子里，发出诱人的明丽光彩。后来，画家在《白石老人自述》中写下他对荔枝的一见钟情感觉："沿路我看了田里的荔枝树，结着累累的荔枝，倒也非常好看，从此我把荔枝也入了我的画了。"那是1907年，45岁的画家从此开始他的荔枝画。单是街边经过，看见荔枝的美丽颜色，就把它入画了，待尝到荔枝果的美味，他忍不住在画上题说："归来时日霞相照，其色尤鲜，幸得主人至，得啖之，知果实之味，唯荔枝最美。"荔枝之味叫他心仪不已，心念不已，不停在画上重复题词："此果味美，天下人皆知""何处名园有佳果，徐寅已说荔枝先""徐寅道从来果数荔枝为先，余谓亦然"。1980年，中国发行一套"齐白石作品选"的特种邮票，其中一幅《荔枝图》，画中一篮红到发紫的荔枝，上面又悬挂一串红彤彤的果子，左侧题着老人自撰的诗句："丹砂点上溪藤纸，香满静蓝清露滋。果类自当推第一，世间尤有皆人知。"在齐白石的心目中，荔枝是"果中之尊""果中之王"。也是书法家的他，曾用不同的字体反复赞颂荔枝，以篆书题上"果味无双"，以隶书题上"入

图第一", 以行书题 "名园第一" "名园无二"。可见荔枝在老人心
中的地位。

　　钦州的荔枝以色香味掳获了齐白石的心, 他五次出行, 三次到钦
州, 钦州的文人雅士自然为他办雅聚。雅聚的画面, 白石老人在《与
友人说往事》里记录下来: "客里钦州旧梦痴, 南门河上雨丝丝, 此
生再过应无分, 纤手教侬剥荔枝。" 钦州的夜晚, 清风徐来雨丝飘荡
之际, 当地的朋友请来一名歌女, 抱琴歌唱, 她见齐白石拿起荔枝便
放进口里, 急忙过来以纤纤玉指给齐白石剥荔枝吃, 此情缘, 此光
景, 齐白石回家以后, 记忆犹新, 便在文章里记载了难以忘怀的钦州
荔枝夜。

　　数年前接到邀请去广西钦州演讲, 最终机缘不足。2015年6月东
盟十国华文文学研讨会召开, 地点在钦州学院。广西和我家乡槟城的
渊源起于槟城二桥。2014年3月1日, 马来西亚槟城第二跨海大桥正式
通车, 这座东南亚第一跨海大桥是马来西亚20年来最大的土建工程,
全长22.5公里, 其中跨海桥长16.5公里, 总投资额约14.5亿美元。既是
目前中国企业在境外实施的最长跨海桥梁项目, 也是中国对外最大笔
贷款赞助项目。这也是马来西亚时任首相巴达维和中国温家宝总理在
2006年广西南宁的东盟会议上签署的其中一个合作项目。广西钦州则
是在2011年4月28日, 中国与东盟建立对话关系20周年之际, 温家宝总
理访问马来西亚, 与马来西亚总理纳吉布达成双方共建中马钦州产业
园区的共识。一年后, 两国启动了 "两国双园" 模式的仪式, 一起开
创了园区国际合作的先例。就那时候开始, 广西钦州时常出现在马来
西亚报纸上, 让人留下特别印象。

2015年6月，踏上钦州，到动车站来接我的钟老师说她很担心，她不懂马来语，也不会说英文，她没想到走出来的是一个会讲中文的马来女作家。话题一开始就围绕着马来西亚的华文教育的前景和发展。钦州的夏天和马来西亚平时的气温差不多，一副热气腾腾不让人凉快些的似乎要以最大的热情来融化远方的客人。路两旁紫红色的紫薇花在炎热阳光下昂扬盛开，经过的公园外头有颗大石上题"梦园"。钦州人的梦想是什么呢？钟老师说这是一个小城市，地方不大，人也不多，住着很温馨舒适，从她身上看见小城特有的人情味。抵酒店报到听说午餐时间已过，不理我的拒绝，坚决载我去用餐。她说自己原是广东人，许多人像她一样，分派到这里工作以后，就住下来舍不得离开。

　　是什么原因呢？我没追问，第二天会议休息时间，桌上摆满不同的水果，香蕉、西瓜、蜜瓜等等，最为我赞叹的是荔枝。也曾尝过岭南著名的妃子笑，钦州不知名的荔枝却是肉厚子小汁多而香甜，吃了两个，仍不罢休，拿起第三个，问了旁边的钦州教授，确认荔枝吃多要上火，可是它异常可口，抵不住诱惑，照样把第三个也吃了。后来在播放宣传短片中，看见齐白石一而再来钦州的原因，竟是荔枝结的缘。甚至说"广州荔枝真是果中珍品，但钦州荔枝更胜一筹"。这样我便安慰自己不是贪吃，实是钦州荔枝太美味。齐白石在钦州享受的温情，包括以荔枝画换真荔枝。齐白石三次小住钦州，朋友时常送荔枝给他吃，有朋友要求以真荔枝换画荔枝，慷慨的齐白石也以画交换。当他迁居北京以后，曾想以画白菜去换真白菜，小贩不换给他，还骂他胆敢以假白菜换真白菜，这叫老人更加想念钦州浓郁的人情味。

怀念齐白石老人的友情，钦州人民试图把城市之美和白石文化交融，在白石湖公园边上建立仿古高层建筑"和谐塔"。阳光猛烈的下午，伫在和谐公园仰望，地下1层，地上12层，建筑高度53.580米的高塔，于2012年7月30日完工后，即成城市的地标。一楼和二楼分别展现齐白石的部分书法和绘画作品，另有当地著名书家作品，内容都与白石老人和钦州荔枝有关，一楼摆着白石老人的半身雕塑，二楼另有两尊老人为钦州荔枝作画的全身雕塑。同时还介绍和摆卖钦州独有的坭兴陶艺手工艺品。站在塔上看白石湖公园，钟老师指着白石湖说，这是天然大湖，湖上建有钦州唯一的音乐喷泉，表演的时候，音乐、湖泊、喷泉和灯光的完美搭配，叫来欣赏和散步的市民流连忘返。

住在北京的齐白石，对钦州荔枝的思念，都写在诗画之中。"自笑中年不苦思，七言四句谓为诗。一朝百首多何益，辜负钦州好荔枝。"晚年时，年事已高的他知道不可能再到钦州了，他诗里诉说心中的惆怅："此生无计作重游，五月垂丹胜鹤头。为口不辞劳跋涉，愿风吹我到钦州。"

这回文学的风吹我到钦州，才知道钦州的荔枝种植历史悠久。品种有"三月红""妃子笑""黑叶荔""灵山香荔""桂味""糯米糍"等等，至于品质之优美，齐白石已经替我们说了。其中被国家质检总局授予"国家地理标志保护产品"的是以"果大、皮薄、肉厚、核小、质优"而著称的"灵山荔枝"。会议休息期间，我一颗又一颗地明知上火继续努力在吃，老师们告诉我，就是"灵山荔枝"。谁是齐白石？为何花这么长的篇幅来写他对荔枝的赞赏？西方艺术大师毕加索回答人家问他为什么不去中国的答案是："我不敢去你们中国，因为中国有个齐白石。"

钦州有荔枝，就有了白石湖公园和和谐塔，在和谐之州吃着荔枝，一边思考，回去以后一定要写一写我喜欢的齐白石和荔枝，往后有时间，还要学习齐白石，把钦州红彤彤的荔枝也入我的画。

诗之岛

车子在海拔905米的山上行驶，作家们兴奋地看着迂回蜿蜒的山路聊天，路的一边是翁郁青翠的树林，另一边是一片绵延不断的苍绿大树，清澈碧绿的湖水在树与树之间展现它饱和鲜丽的色彩。长100公里，最宽处有30公里左右的湖，呈长菱形，面积1130平方公里，比716平方公里左右的新加坡岛更大，被誉为"苏门答腊高地之珠"的印尼棉兰多巴湖（Lake Toba）是东南亚第一大湖。湖水最深处达529米，高原湖泊在7.5万年前一场惊天动地的火山爆发后形成。看着烟波朦胧，浩瀚宁静的湖，叫人没法想象万年前火山大爆发曾经喷发出3000立方公里的火山灰等物质，再加上过后的硫酸雨，导致地球一半以上的生物消失，包括古人类。全球人口即时锐减，改变了人类的进化史。沉醉在眼前优美旖旎的湖光山色的人，实在难以相信这是火山口遗迹。

万年前的历史在口述中，日久成为如幻似真的故事，任何故事在时间生出的距离后总变得遥远而模糊，就像湖上远处青绿平顶的群山，在雨丝中迷蒙不清。渡轮在小雨中开出，微微落下的雨，让本来凉爽的气候加添寒意，车子连人一起运过去，可坐在车里的人都走出车外，在船舱上看浪花重复地扬起又坠下，阵阵海风将所有人的头发都拂乱了，水色茫茫中听到有人说"这湖大得像大海"。同行的孙把刚才在码头临上渡轮前买的水煮花生和当地水果拿出来给大家吃，曾经多次到多巴湖的旅客这回心情格外兴奋，无心品尝，因为今晚留宿在多巴湖的湖心萨莫西岛（Samosir Island），棉兰华人喜称夏梦诗岛，正好在多巴湖中央，长只有7公里，宽2.5公里。印尼人称多巴巴达克族（Tobabatak）的故乡。

听说性格勇猛而心地善良是巴达克族人的特点，同行的W更赞赏他们的乐天随和，似乎天塌下来也可当被盖。L把船上的小孩们叫过来，怂恿他们唱歌。喜欢唱歌的巴达克族小孩丝毫不怕生，双手拍掌，旋律便出来，嘴一张，没受过训练可稚嫩的童声极可爱，节奏稍嫌单调。S在一边问：《Bengawan Solo》？（《美丽的梭罗河》）唱歌的巴达克小孩们摇头，一脸天真无邪说不会。S掏出纸钞给他们小费。他们欢呼而去。

《美丽的梭罗河》曾一度风靡整个印尼乃至东南亚。这首风格受葡萄牙音乐Keroncong影响的民歌，是印尼业余作曲家格桑的著名作品，1940年完成。曾占领印尼的日本军人在二战结束后，将这首歌带回日本译成日语。印尼的殖民者荷兰人也将这首歌带回欧洲。中国大陆以及台湾、香港等地区自1957年马来西亚歌手潘秀琼首先以华语演唱之后，许多华人音乐家纷纷填上不同歌词呈现，电影里的主题曲也采用过。巴达克小孩可能不晓得其他非印尼人在全球各个不同地方歌颂美丽的梭罗河，将梭罗河代表印尼。梭罗不在苏门答腊岛，是印尼爪哇岛的中部城市，岛上最长的河流便是全长约540公里的梭罗河。印尼是千岛之国，大小岛屿有些距离相隔极远，苏门答腊的巴达克小孩可能没听过也没去过。

悠久的历史和多元的文化是印尼旅游业的卖点，环岛观光时，原始的大自然风光更叫人心醉神驰。岛上道路崎岖不平，车子数回在泥泞路上挣扎，乘客得下来走路，待过了艰难部分再回车里继续往前，风景实在太美丽，游客愿意微笑相待。一早出门司机说去打油，走了好一段路，停下时不见油站，是间小破屋，司机和屋外的几个男人以他们的土语沟通，一个人手提个大漏斗，插在汽车加油口，另一个把汽油倒进漏斗，这加油方法和景观，叫外来人大开眼界。岛上的房子简陋，木板和锌板搭就而成，更多的是巴达克族传统样式的船形屋脊，屋顶两端翘起的长屋。屋子基地垫上石块，以硬木当桩脚，底层空间约有一人高，饲养鸡鸭用，有点像马国乡下马来人传统高脚屋。半路停下参观时，见屋顶以棕榈叶铺就，听说地板和楼梯以竹编织，建造时不使用钉子。大门极小，不足三尺高，要进屋的人得低头，我们没机会进里头参观，单从外边看，屋子似乎随时会倒塌的样子，可能不会，但游客不太安心。

夏梦诗岛的政府官员没积极刻意发展旅游业，反而保留了原始美景。花和树拼命疯狂地往上长，经过的地方，周遭有点脏有点乱，完全是在地人的生活状态。半路遇到几个小学生，见有车子经过，他们停下挥手，笑脸和花一般灿烂，我们摇下玻璃窗，他们大声哈啰哈啰，S把买给我们吃的其中一袋蛇皮果丢给他们，快乐即时在他们脸上开花。他们在物质上穷困艰难，可幸福和快乐指数都比我们还要更高。再一次深深地感受到物质丰富不代表满足和满意。

L和W坚持得到夏梦诗岛的西部，一个叫Pangururan板古鲁兰的村庄。1906年荷兰人在此开通一条运河，我们站在超过百年的运河桥上拍照，环岛一路迎着雨过来，地上一坑一洼的水，不断有摩托车经过，我们取景时镜头一再闪避，一边又担心地上的水喷到身上，这全岛最狭窄，仅有200米与夏梦诗岛的陆地连接的地方，如此偏远的小岛，以后再不可能来了，这张照片无论如何都得摄下留住纪念。

更多照片是在稻田边，精通农业的巴达克族人住在火山地质的夏梦诗岛，适合农业种植的土地使这里盛产稻米。车子经过一片青翠逐渐转黄金的稻浪，L说那是打开电脑时的背景画面，叫司机停车，下车把碧绿混杂金黄的稻浪收进手机，不见其他游客，只有我们尽情享受着完全无污染的空气和景致。岛上街灯不足，天一暗下，陌生道路难以辨认，车子后来开得比较急，几乎是在追赶着夕阳回酒店。

刚入住酒店，抗议热水不热，没有冷气，环岛观光以后，回去夜宿在被紫色花环绕着篱笆的酒店，名叫Hotel Pandu Lakeside，Tuktuk（翻译中文为"朝向湖畔酒店，督督"，督督是地区名），酒店安排我们一群人的房间面向大湖。当我们在开满鲜花、植满绿树的湖边散步时，习习凉风从湖面吹来，花的香味氤氲在湖边空气里，走在花园里的人觉得仿佛住在天堂般美好，依依不舍的感觉在夜色中的湖上飘浮。

车子从海拔905米的山路下来，尽管车上的人都舍不得转过头去挥手，夏梦诗岛仍然在逐渐远去，作家们只能在梦里，去为这火山之岛写诗了。

迪化街寻人不遇

2015年冬天去台湾。

那日下了的士，饮水机在路名牌子"迪化街一段"下面的步行街边上，游客把政府在旅游景点设立饮水机当成是地方的文明象征。如此贴心替人着想的文化行为，游客自然口口相传，遇人即把此事赞赏有加，替景点免费打广告。街道边一排大花盆种着也许是因冬天所以没开花的树，绿油油的叶子蓬勃地挺立在枝干上，冬风吹不走。铺着深浅不一灰砖块的步行街道比车行道还要宽敞，一如西班牙巴塞罗那拉布兰达大街。不相似的是没见街头表演艺术家，抬头看到一大片画布绘着"台北霞海城隍庙"。以写实派画法呈现，画中人头汹涌，若非春节前夕，就是农历"五月十三人看人"城隍爷生日那天。

时间未到中午，又天阴，有小雨，是这样所以行人道上游人不算多吗？走进大画布条围着的庙，才知庙不大，且在装修，却不影响上香的客人，矮矮的庙里头香火鼎盛，香客极多，尤其是双双对对的年轻人。朋友笑说"在台湾，霞海城隍爷是著名求姻缘的庙宇"。

传说1853年，"艋舺的泉州三邑顶郊郊商，不知为何烧毁安溪移民心目中最为尊敬的艋舺祖师庙，并借道偷袭下郊的泉州府同安人，历史上记载称为'顶下郊拼'。突然遇袭的同安人因毫无准备，结果大败，奔逃最后到了大稻埕，沿着淡水河建筑毗邻店屋，也把他们奉祀的地方神霞海城隍庙一起建造起来"。算起来这庙已有162年，到画布前阅读文字部分，原来此庙为内政部核定的三级古迹。早在1821年，有台湾信徒特地到福建泉州同安县下店乡奉请霞城城隍爷安置于艋舺八甲庄一间糕饼铺内，就后来发生了那些福建乡亲自相残杀的故事，城隍爷才来到台北迪化街一段61号。

曾经繁华一时的迪化街是淡水河边大稻埕码头的货品集散地，也是商品交易中心，当年以南北货、茶叶、稻米、樟脑、中药材及布匹买卖为主，是台北商业枢纽。许多大型纺织集团皆在此发迹。不到1公里长的街道，至20世纪70年代已不足以负荷台北市百万人口城市的商业机能，加上其他地区逐渐发展新的大商圈，迪化街逐渐没落。

2015年12月，脚步缓慢地走在街道狭窄的迪化街，多数店铺都建成长条形的相连栋式，有19世纪中的单层楼，类似古老的漳泉建筑。有二层楼房的洋楼式样，拱形窗洞，花瓶状栏杆，朋友说是模仿1870年林立在淡水的洋行。还有欧洲巴洛克式建筑，屋子外观有浮雕以及花草纹饰，建筑物强调垂直感，造型倾向富丽堂皇。另外亦见简洁明朗，注重线条的表现与比例的均衡的现代主义式建筑。时至今日迪化老街仍有高达70栋以上的老建筑可供人欣赏和怀旧，要特别感谢"我爱迪化街"保存运动。

20世纪70年代末，台湾尚未实施古迹保护法令，迪化街大部分业者与市政府一致认为古老建筑容易引起危楼颓圮，打算拆除。1988年7月，因拆除期限将届，民间财团法人乐山文教基金会联合当地居民、台北市民和专家学者发起"我爱迪化街"保存运动。后来再加上国立台湾大学城乡发展研究所抗议，小部分地主坚持保留，努力争取，至1995年终于免于拆除。1996年，迪化街因保存完整成为台北最古老街道，真是有点嘲讽或说吊诡。政府又将这条大稻埕商圈内长约800米的市街，扩展为规模盛大的台北"年货大街"，以老街风景结合春节必备零食、年货等为号召，结果成功迎来购物大潮，本来已渐渐冷清的迪化街重新受到关注。据估计，年货大街活动的参访旅客超过100万人次，交易金额达9000万美元。

路过交通灯对面，两旁街灯柱子的标志仍是"迪化街"。老房子的结构和样式叫人情不自禁又回到上个月才去观光的漳州，终于明白为何漳州老街的路名叫台湾街。伫在林家祖厝门口，迪化街一段156号的门牌钉在门边。文字说明"免费开放参观"。门口高悬着"林五湖本馆"的牌匾，之上还挂个"臻味茶苑"牌子，走进去，墙上又一个红布红花包围的黑色牌匾以金色小字写"迪化街第一间街屋"，上边金色大字是"林五湖祖厝"。

房子内外贴着许多红纸书法，为了迎接新春吧。其中两张似对联样地贴在一起的是"岁月静好""三羊开泰"。底下是台北市政府颁的奖状，注明2013年老屋新星大奖特别奖林五湖命相馆，还有市长郝龙斌的名字和台北市政府盖章。奖状旁边贴着修复还原的老厝几张照片，也就是我们正在参观的现状。

悬挂一对"恭喜"金字的红灯笼下边有一对男女背对客人平排坐着，客人亦不好意思直视。男女皆一身黑色。男人手握毛笔，悬腕在宣纸上写字，每一笔落下都极其缓慢，仿佛入神练太极功夫。低头的黑衣女一手捧饭碗，另一手拎筷子，姿态缓缓很是文雅，这时间应该是吃午餐。屋里静静地，仅有毛笔擦在宣纸上的声音。阳光从打开的后门扑进来，洒在红色的格子地砖上，我们穿过阳光制作出来的深浅光影，遇到明晃晃的天井。雨继续洒着，摆在天井不同颜色的花树，浮泛着湿润、干净的气息。天井之后的半砖半木房子，古朴沧桑，甚不起眼，没有前厅的崭新。后来和书法家聊一下，后边不许访客进入的民居，才是林家后代住所。

靠墙一边摆着出售的台湾茶叶。所有的摆设尽力做到古色古香，却也看出商业侵袭的痕迹，可茶叶店里的书法男午餐女，都没生意人的商业气味。游人进出，没购买任何物品，他们照样和颜悦色，泡茶请饮，并为游人讲解茶叶和书法与老厝的历史由来。

老厝出来继续往前行，一路不断经过食品行，售卖各种干货如乌鱼子、黑木耳、白木耳、红枣、枸杞、桂圆干、花生、香菇和各种坚果，还有的专卖各种果茶以及中药等等。走走停停，其实我们是在寻找"读人馆"。网络上说是文学书店，旅人会所。左趔右转，到处探询，终于来到馆前，缘分始终不足，今日竟不开馆。

步履照样闲闲，回头走到大稻埕戏苑对面，上去一间二楼咖啡馆，喝了一杯很好的黑咖啡。

迪化街寻人，不遇，可是，已经走过迪化街，并品了一杯好咖啡。这就是2015年冬日台湾印象。

邺城故事

在我已经忘记了西门豹是谁的时候，他突然又出现了，而且是和曹操一起来的。

导游提起"西门豹治邺"，印象模糊地想，是自己的小学课本或是陪孩子读书的时候看的？一直以为是传说呢！故事倒是印象深刻。公元前412年，西门豹被魏文侯任命为邺令。西门豹抵邺一看，人烟稀少，满地荒凉。后来了解邺地百姓的苦恼，一是漳河泛滥，冲毁民居和田地，生活艰难。为不让漳河泛滥，巫妪建议为河神娶妇。家有女儿的人为河神娶妇担惊受怕，纷纷外移，邺地人口逐渐减少。巫妪和廷掾及三老等人，强跟百姓敛取数百万钱，说为河神娶妇用，确实用去部分钱，其余的私自瓜分。巫妪还到百姓家选漂亮女孩当河神的媳妇。娶亲日让女孩坐漂浮物上，直至沉入河底。西门豹在河神娶亲这日到漳河边观看，仪式即将开始，他命令将河神的新娘带来，看一眼后嫌新娘不漂亮，"待找到更漂亮的新娘再送给河神吧"。下令巫妪去告诉河神，说完令随从把巫妪扔进漳河里。过一会儿，西门豹说："怎么去了这么久还不回来，让巫妪的女弟子去催促一下吧。"便将三个女弟子投进河里。再不久，西门豹又说："这些女人不会办事，

164

还是麻烦三老去一下。"又将三老投入漳河。再等会儿，仍没人回来，西门豹建议："还得劳烦廷掾、豪长去一下。"已经害怕得要命的廷掾、豪长即时叩头如捣蒜，直至满面是血。从此河神娶亲风俗就免掉了。

读的时候，完全没想到有一天会站在邺城的土地上。午餐后出门前在餐厅看行程表上写"赴临漳"。上车后才晓得原来临漳古时称邺，西晋为避讳皇帝司马邺之名，改临漳，因北临漳河得名。

早有听说南京是六朝古都；而这曾为曹魏、后赵、冉魏、前燕、东魏、北齐都城的邺城亦不遑多让，起码应和南京齐名才是，邺还是中国北方政治、经济、文化、军事中心长达四个世纪之久，远在海外的作家竟然毫不熟悉。赶紧重翻行程表，才注意到"赴临漳，考察临漳邺城遗址——邺城博物馆"。

遇见美，往往叫人情不自禁，在车上远远看见博物馆大门外的广场上，以黑金沙石板饰表的前燕时期半人面瓦当饰件，按1：50等比放大在照壁墙上的时候，抑制不住站起来致敬。下来又看到这略为诡异的造型独特半人面旁边镌刻对联"史越千秋文承一脉，馆藏万象霞接三台"，未进入博物馆，已深刻感受到邺城悠久的历史和深厚的文化。

中午是在安阳吃的午餐，对着汉魏风格的餐具赞叹过一回，车子上了博物馆道路时，街灯造型亦以汉魏风格呈现。眼前庄重古朴简洁利落的邺城博物馆外形乃仿邺南城的正南门朱明门而建，属汉魏时代典雅大气的建筑风格。边摄影，边走进城门，再次为黄沙岩建筑的六面巍峨壮观、气势非凡的浮雕墙震慑。六面墙代表邺城的六个朝代，展示的是曹魏都邺、石虎阅兵、冉闵都邺、慕容三杰、东魏高欢、北齐高洋等，正是邺城为六朝古都时的重要人物和事件。

人在海外，缺老师指导，故没机会系统性阅读中国历史，这下发现，从小胡翻乱阅的书中人物，原来都聚集到这儿来等待见面机会。两座仿汉阙建于两侧，还有六根成语景观柱建在水池中。成语内容为"窃符救赵""曹冲称象""下笔成章""文姬归汉""快刀斩乱麻""空城计"的故事，全是战国时期的著名历史，而且都是和邺城紧密相关的故事。这体现了邯郸确实是成语之都。

六根成语柱子的水池里，象牙白、粉黄色和紫红色的莲花，各自一丛丛地，似相连实分开，在阳光下昂扬挺直开得正好，夏天原本就是莲花盛开的季节。

进入主馆，单是一个摆在中央的"邺城复原沙盘"便叫来人目瞪口呆，张嘴结舌。沙盘是根据历史文献资料和邺城考古队近30年的勘探成果制作，展现当时邺城内廓城的全貌及部分外廓城。文献记载邺城的建筑形制是曹操时代订下的规划，"中轴对称、单一宫城、明确分区"。后来的唐宋洛阳城、长安城，元明清时期的北京城莫不沿袭于此。

《三国演义》的一代枭雄曹操，占据邺城十六载，成就了统一中国北方的伟大事业。亲临邺城方知曹操的智慧使临漳邺城享有"三国故地、六朝古都"之美誉，同时被命名为"中国古代都城建设之典范"。

在2009年12月27日之后，世人才晓得曹操和邺城关系有多密切！那一天，三国魏武帝曹操高陵在邯郸安阳县安丰乡西高穴村宣告出土。有关曹操陵寝，文献记载于《三国志·魏书·武帝纪》："谥曰武王。二月丁卯，葬高陵。"关于高陵，宋代以来，有七十二疑冢之说，包括许昌城外说，漳河水底说，还有铜雀台下说等。

自古以来，中国帝王讲究厚葬，最为著名的是西安秦始皇陵，兵马俑一出土即震惊全世界。汉武帝把人民朝贡赋税的钱三分之一用来修建自己的陵墓。唐太宗昭陵更是堂皇宏伟，"不异人间"。与众不同的曹操不建豪华大墓，更无金银珠宝陪葬，入殓时身穿补过的衣服，亦有人说曹操选择薄葬是担心陵墓被盗，借此获得死后的安宁，然而，我认为这种薄葬方式展现了曹操非凡的气度。不愧为一个文武双全的政治家、军事家、文学家、诗人。当年曹操统一了中国北方大部分区域，实行一系列政治策略恢复经济生产和社会秩序，奠定曹魏立国的基础之外，邺城当年也是文学之城，以曹操、曹丕、曹植父子三人为代表的建安文学，史称"建安风骨"，叫后人称颂至今。

倘若仅把曹操看作奸雄之首，那未免太浮于表面。史家说曹操"御军卅余年，……登高必赋，及造新诗，被之管弦，皆成乐章"。今学者也说曹操的诗反映了新的现实，表现出新的面貌。凡读过必留下深刻印象的《短歌行》："对酒当歌，人生几何？譬如朝露，去日苦多。慨当以慷，忧思难忘。何以解忧，唯有杜康。青青子衿，悠悠我心。但为君故，沉吟至今。呦呦鹿鸣，食野之苹。我有嘉宾，鼓瑟吹笙。明明如月，何时可掇。忧从中来，不可断绝。越陌度阡，枉用相存。契阔谈宴，心念旧恩。月明星稀，乌鹊南飞。绕树三匝，何枝可依？山不厌高，海不厌深。周公吐哺，天下归心。"重抄一遍绝对不是为了拉长文章，完全是被诗所迷，这叫人深信后人寻找曹操陵墓，是一种仰慕爱戴之心，极想和曹操说一声"粉丝我在这里，来看你了"。

历史如此悠久，故事那样丰富，邺城叫我重温了何止西门豹和曹操的故事呢？邺城博物馆渐渐在车子后边变成一个模糊的影子的时候，人还在历史里浮沉。

扯下阳伞的市场

上午从暹罗市区的假日酒店出发,步行去捷运站,市中心在路边卖早餐咖啡和烤面包的小档不断迎面而来,价钱表列在纸上,若以大都会消费水平计算,曼谷真是朴素大都会。半路还抽点时间到"暹罗探索百货"小小逛了一圈。又叫"发现暹罗"的百货商场很有意思,许多艺术家选择在这儿开设计专柜,叫走进来的人左观右望目不暇接。充满设计师风格的创意用品,包括个人衣饰打扮如衣服、包包、鞋子、饰物等等,还有文具、家居以及厨房用具,如有闲暇用一天时间来接近这个"把生活和艺术融为一体"的现代商场,那么平时躲藏在脑海里没有积极和用心去开发的创意定豁然开朗。要是每天都到这超强冲击力的商场绕三圈,不需一个月,可能变成创意艺术家。

曼谷的方便捷运带来如鲫鱼般多的游客,下车的地方叫胜利纪念碑站。长而高的四角型纪念碑伫在大圆环中间,笔直向上朝往蔚蓝的天空伸展,火焰样的太阳光下,观光客叫不出名字的四位泰国英雄各自站在东南西北四个方向。桃红鲜黄闪蓝银灰大红深青的车子络绎不绝,颜色过于绚艳亮丽,就像夺目的彩虹绕着圆环走。从行人天桥望过去,泰皇的塑像正好面对着我们,两个洋人,看样子应该也是游客，手里拖着旅游箱站在泰皇像下边的交通灯等待过马路。

我们在天桥上走很长的路，真像种植在天桥边的九重葛一般，绕着整个天桥在炎炎阳光下开紫红色的花，终于走下梯阶，巴士总站就在眼前，路边摆档的小贩，生意看来清淡，却一脸笑眯眯，有的吃东西，有的在闲聊，并不积极拉客。从这里去水上市场吗？气喘吁吁地问，带路的年轻小友故作神秘，先去有时间限制的铁道市场，水上市场下午再说。银灰色棚子下有一排桃红色的售票柜台，应该说是桌子，看上去完全是泰文，说的写的皆是，神奇的是，不懂泰语的年轻小友，竟有办法跟态度友善的售票员和司机沟通，丝毫没有难度就搭上了开往湄公镇的冷气十人小巴。

经过指手画脚的比试，这车程大概一个小时。沿途风景和马来西亚差不多，椰树、棕榈树、香蕉树，过眼迎来皆碧绿苍葱，只不过比较地广人稀。冷气小巴把热带空气推搡在外，眼睛享受着永远宜人的青翠乡村景色，不足一小时，司机停车说到了，全车十人竟都是铁道市场的观光客。一下车就和一张湄公镇地图相遇，除了几个英文字，全泰文。年轻小友说不必看了，你也看不懂。这乃老实话非蔑视也。跟着别人走就行了。果然没错，除了开档摆卖的是当地人，其他在走动的几乎全是游客。两排店，许多有华文店名，一看就是店主的名字。店的外头不容插针的缝隙般密密麻麻排满小档，以食品为多。那些极具当地特色的血红色蛤蚶、黑红色小螃蟹、艳红色辣椒鱼，都泡在深红色的汤汁里，还有各种不同类型的咸鱼干，一些没煮过的青菜切小块和片状混合包在塑料袋里，应是泰式沙律，虽然选择繁多，姿采丰富，看起来却就是只有看的份儿，不敢尝试。还有泰式糕点和饼干，不少是加椰汁和椰丝，甜的为多。其中煎炸小食最受欢迎，人手一包，边走边吃。经过炭烤香蕉档特别停下来，尽管别有风味，炸的煮的香蕉都吃过，放在铁丝上炭烤的香蕉还真没吃过，考虑了一下，维持原意，看看就好。意外听到有人讲广东话，其实路上行人有讲中国普通话、闽南话、广东话，有讲韩国和日本话的，也有讲英文及其他外语的，但泰国店家讲广东话倒首次听见，决定一试她家的广式云吞面。记得香港朋友来到槟城，看着那盘著名的云吞面问，这是云吞面吗？原来加了黑酱油的云吞面和香港的面貌相似，颜色不一，槟城的像槟城人肤色加了阳光色彩，稍黑些。这小店很小，人却不少，店里没位子，只好坐在门口一个超级小桌旁。煮面的摊上摆个小塑料篮，有两包透明塑料袋包着的，看不清楚是什么？口音略走味的广东话回答，猪油渣。小时候的记忆突然回来，母亲亲手炸猪油，余下的猪油渣，从不倒掉，都留下来炒米粉或炒菜用，加两个蒜头，青菜无须再加肉或虾就很香。有一道猪油渣加辣椒切片同炒，最后倒一点罗望子汁，加盐和一点糖，又酸又甜又辣，配白米饭，一定多吃一碗。已经忘记多久没看过真正的猪油渣了？

来一包吧！年轻小友兴奋，一边打开塑料袋一边问，要怎么吃？煮面的年轻店家小姐手没停，口中推荐，就这样和面一起吃，很香。

加了猪油渣的云吞面，味道果然香喷喷。因健康意识浓而自制力强的人，把样貌跟槟城相似的黑酱油云吞面吃完，猪油渣还余半包，不舍丢掉，带在皮包走了。

带着一包猪油渣在路上，年轻小友脚步加快，一边回头催促，火车马上来，时间一过就没得看啦。人潮似乎候忽间更加拥挤，背包客格外多，戴帽子的打阳伞的，人人手里一杯饮料，天气实在太热。交通工具和人一起在路上，汽车、巴士、货车、摩托车、脚车、手推车，都挤在一块儿，却不见意外发生，真是奇怪的小镇。

人不知道从哪里涌过来，往同一个方向拼命冲去，一起前行不到两分钟，发现竟是走在铁路上。铁轨左右卖鱼肉蔬菜水果的小贩们坐着，不热衷，随缘式地招呼客人。阳伞搭到铁路中间来，本来手上拎着饮料的游客，现在改成拎手机和相机，没人有心购物，兀自忙碌拍照，周围一片闹哄哄地，到底发生了什么事？

火车来了！引擎声冲冲冲，速度缓慢，尖锐的"呜——"声一响，所有的拍照人益发骚动，小贩们迅捷把摆地面和铁轨上的塑料布及货品拉开，一边快速将棚架遮阳塑料伞扯下，一切都在一秒钟内解决，经验丰富，铁轨霎时空无一物，火车在离我不到3厘米的身边贴身顺利滑过。必须老实承认，完全没有意思要寻求刺激感，只是人多到无法挤进里头去。火车经过后，阳伞和货物又重新摆回去，市场交易继续进行，好像没有什么事情发生过。像这样手脚利落的绝技一天上演四次。这里是曼谷最大的海产批发地，1901年便开始的湄公镇火车服务，铁道局当时给予当地居民便利，结果训练了他们一身的功夫，更没想到一百年后成为游客观光区，为人民带来不少外汇，外国人称"扯下阳伞的市场"（Umbrella Pulldown Market），本来没多少人知道，网络的出现，一个传一个，每天上千名游客为此长途跋涉到湄公小镇来。

从容摆好档子的小贩，自在地各做自己手上的活儿，没催促，没叫卖，没趁商业机会的到来，高声呐喊，大力推销，朴素的生活使得人们脸上的微笑永恒，真叫人难忘的佛国小镇。

古镇名和平

　　初闻邵武。"在哪里？"海外人士对中国地理历史都不太明了。好奇是因为这名字有个武，听着真像武侠小说里的地方。"就在福建省西北部，武夷山南麓。邻接江西。"邀请我去观光的领导介绍。"那说闽南话呗？"听到地方在福建，就以为是闽南话，原因是在南洋地出生长大的人，住在以福建人为主的槟榔屿，全岛说闽南话，槟城人都将闽南语视为福建话。

　　从前跟人家说我是福建人，后来改称闽南人，再后来就说泉州人，并非越来越突出标签，而是到了中国，发现福建很大。不与其他省份相比，只根据资料，依山傍海的福建，面积有12.4万平方千米，海岸线长度居全中国亚军，单是岛屿有1500个。其他姑且不说了，单是语言，福建人不会说福州话的还真不少。像我，曾经在名为小福州的滨海小镇住了20年，只有一句两句说玩的，认真言语则20年白过，毫无长进，至今听到福州话，犹如鸭子听雷。

　　漂亮的女领导没有嘲笑我，她微微笑说："邵武人说邵将语邵武话。"孤陋寡闻的南洋人闻所未闻。要走之前，领导留下几句话，让我把邵武记在心上。"邵武市在历史上是入闽重要通道。兵家必争之地，因地势险固，易守难攻，故名'铁城'。邵武的和平古镇是全国罕见的城堡式大村镇，是中国迄今保留最具特色的古民居建筑群之一。你下次过来，我安排到和平古镇采风去。"

喜欢文学绘画的人最喜欢古镇。这些年不断在中国来来去去，好几个出名与不出名的古镇都曾经出现在行旅的地图上。古镇大多斑驳沧桑，却别有静谧优美、清静古朴、耐人寻味的文化和风韵，经过迢递岁月、时光冲刷，往往记忆犹新。回家以后，邵武和平古镇不断在脑海里发出诱惑的呼唤。

事实上对邵武一无所知。自从网络风行，旅游人士分成两派，一个派别坚持非了解透彻才可出游，另一门派则是什么也不需要知道，摸着去就是了。身为折衷主义者，不在意固定模式，出游前有时间便埋头在网上努力考察一番，带着一点知识去观光也真有趣；有时候太忙，便成盲目旅游者，意外惊喜却往往出现在无知行者身上。

一个月后重返福州，邵武和平古镇在微微细雨中，以阴郁的朦胧天气来迎接我。导游黄先生一边领着穿街过巷，一边介绍始建于唐朝至今存留将近两百栋精雕细刻、庄重典雅的古建筑。这里是福建省历史最悠久的古镇之一。我们在一条长达半公里的青石板大街和数十条卵石铺就的古巷道漫游，时而抬头时而低头目不暇接，一边赞叹一边观赏承载着历史基因而散发出沉淀之美的宗祠家庙。纵横交错的巷子里，没有拥挤的人潮，没有繁华的商店，朴素无华的小店小档小摊，售卖者和购买者几乎都是镇上人家。画面亲切感人，几个妇女在路边店铺门口忙碌着，有人在煮炒，有人在揉面，有人在包馅，游人经过看着，还真分不清谁是贩者，谁是顾客？对面那家正在做豆腐，空气中弥漫着香香的豆子味道，马上懊恼刚刚午饭吃过饱，后悔跟在后面浮游不去，因为听到导游说，这里著名的和平游浆豆腐，属中国一绝。原来和平豆腐是以老豆浆作为酵母发酵而成，完全不添加任何石膏与卤水。黄导游的微笑里收藏着一点点自负："现在外头流行纯绿色食品。我们的豆腐就是了。"吞咽一口口水，并克制不让垂涎三尺的表情外露，黄导游继续歌颂："这里的油炸豆腐有诗赞赏：'温柔玉板满盘鲜，扑入油花唱又颠。金甲披身香四逸，千烹万煮总缠绵。'"意思是好吃并非他自己夸张，而是品尝过的民众，包括诗人都公认了。私心底下做了决定，下次来和平古镇吃豆腐。

以饮食文化来突出旅游景点，往往达到最良好的效果。谚语说：要绑住一个男人的心，需要通过他的胃；这也可成为招徕游客秘方：要绑住游人的心，亦可通过他的胃。没有听说过有谁为了一本书，除非是武功秘籍吧，迢迢千里去寻觅，可是，好吃的饕餮客通常不远千里而到处奔波，我就有大清早从马国飞到香港吃点心，过后寻找米芝莲三星五星饮食，吃到晚上又飞回来的朋友。都说民以食为天，推广旅游，宣传时不妨先以特色饮食吸引游客，一并借机推展其他深层文化。

漫步于两面高墙，蜿蜒深邃的窄小巷子里，一间间气派非凡的千年民宅中，有闽北历史上最早的和平书院，宋代理学大师朱熹也曾到此讲学。自唐代开始，这里出了137位进士，获得"进士之乡"的美誉，被称颂为邵南人才的摇篮，这不能不归功于创办书院的有识之士黄峭。

不得不把黄峭归类为非一般人物。他的宽阔胸怀和高瞻远瞩，造就了今日黄氏4000万个后裔遍布世界各大洲。黄峭出生于和平，18岁考上进士，官至五代后唐工部侍郎，后来归隐到和平，创办和平书院。他共娶三房妻妾，每房生七个儿子。在他八十大寿那天，他把21个儿子召集过来开一个家庭会议，命令各房留下长子在家尽孝送终，其他18个儿子各获得一匹马与一斗瓜子金，叫儿子们外出奋斗开拓。他在"遣子诗"中的宽敞胸襟和远大眼光至今仍叫人称颂："信马登程往异方，任寻胜地振纲常。足离此境非吾境，身在他乡即故乡。朝暮莫忘亲嘱咐，春秋须荐祖蒸尝。漫云富贵由天定，三七男儿当自强。"镇区北门的"黄氏大夫第"即是黄峭第三房第十九世孙黄映璧的宅第。时间限制，游人步伐虽匆促，也留意到建筑的富丽堂皇、设计的精美细致和其中蕴含的文化意义。另外两座廖氏和李氏大夫第亦在岁月烟尘中保留得非常完好，让人从中得见此镇曾经的显赫、繁荣和豪华。

返回邵武市区的路上，才知道和平旧称"禾坪"，取地势平坦和盛产稻谷之意。史上入闽三道之一的愁思岭隘道就在和平镇，我没有要替邵武打广告的意思，但身为福建人，再怎么困难也应该争取机会来看看当年中原文化进入福建的纽带和桥梁吧？

青山碧水古厝

　　冬日厦门是否经常下雨，没长居这个被选为十大宜居城市的旅人并不清楚，昨夜微寒的天气叫人盖两层被睡觉还觉舒服，醒来躺在被窝里不想起身。窗帘露一小小缝隙，透着微微的光，住在海边的天光格外明亮，突然想起书房的窗子面对大海，海的呼唤比任何力量都强而有力，即时一跃而起，到书房打开窗户拍张照片，前边的景物暗影幢幢，模糊的影子似乎是棕榈科植物，远处朦胧着一大片浅淡得近乎白色的蓝，海上雾气氤氲，寒意逐渐沁到屋里，赶紧把窗户拉上，因为雨追到房里来了。

　　睡到自然醒在平日根本不可能，度假喜欢悠着点，几次微信往来，终于把约会时间推到上午9点，原以为只是喝个茶聊个天马上返回，没想到J一下车朝我走来便建议："我们去翔安澳头村走走可好？"上一回见面，吃着著名的厦门小食，他提起澳头村，特别介绍那儿出名的海鲜，其他没细说。朝向翔安隧道的路上，这个把文化保存当己任的建筑工程师忧心地说："许多传统村落逐渐在新建设中湮没，我们不是没担心的。很想尽力做点维护工作。厦门东海岸的澳头，曾是闽南著名古渡口。他们找上我计划打造成休闲旅游和文化创意并存的文创产业园。"

J是去年刚认识的新朋友，多得手机微信的方便，数次沟通，发现来自偏远小村的他，家庭贫穷，生活困苦，从小学习自力更生，几次因工受伤濒临死亡，"一定要冷静，就能找到办法让自己脱离困境"。人生路上"遇到困难都不会困难，因为灵魂和精神可以赐予我们最强大的力量"。不求快只求实在的他"用一生去成就一番自己的事业"。稳当踏实一步一脚印走来，成功脱离困境，事业成就在手以后，他继续向上追求，这回是"让生活更有品质而不是物质"。身在建筑业而心在文化事业的他坚信"仅只要金钱而没让灵魂富起来是有罪的"。

这样一个非一般单为名和利思考的建筑工程师，机缘巧合行到澳头村，只见一片残旧荒凉脏乱破落，"首先是改善环境，表面的美化不可或缺"，然而，J还要"把传统和创新和谐统一，将古老和现代融合一致"才能让澳头村转身，不必华丽，他把朴素村庄化为"一个在新的生活里蕴含慢的文化的地方"。

下车的地方是"清风亭"，对联说明"贤能兴家园，廉可旺子孙"。走上双清桥，一边看桥上栏杆刻着励志名言，"德立桥头，廉伴行舟""身有正气，不言自威""清心寡欲，知足平安"。水边房子和花树的倒影在湖中荡漾，难以相信桥下原是污水池，蓝空下碧绿的湖水中，一艘无人的红头蓝色小船在摇晃。1821年间，自澳头开出第一艘直通新加坡的货船，那也是新加坡开埠的第一艘商船。从此开了澳头人的出洋之路。走下桥，"清凉亭"以一副对联"水流即不腐，官廉则自清"来迎接我们。桥头桥尾两座亭子一名"清风"一名

"清凉"，"双清桥"的主旨分明清楚，走过"双清桥"的人一边看着风景一边感受到澳头人对自律的要求和对国家的向往。

环湖漫走，紫红色、橘红色的三角梅、桃红色的洋紫荆、深红色的刺桐花，像在比美似的，各自努力绽放，就连柔软的柳树叶子也绿油油地随风飘扬，根本不理会这个季节叫冬天。风吹过来是冷的，可花红柳绿的湖边盛景，叫风中的旅人温暖愉悦，春天真的马上跟在后面来了。

意外地和一条农民画廊道相遇，悬挂在廊道两边的画，色彩明艳亮丽，内容朴素写实，技法天真自然，画的题材不外是农民的平常日子：为孩子梳头，给孙儿洗澡，农妇喂鹅，村妇闲谈，儿童吹笛等等，充满趣味地描绘着澳头村的美好生活，画面温馨感人。

沿途多家房子正在装修，J强调必须让澳头房子回到原来的样子，那是传统的中国元素，再加现代设备，巧妙地结合融入，既不破坏古典的原型，又适合今人的居住要求。之前去趟金门考察，回来把澳头村铺上红砖行道，配大石块砌成的房子，乘机将垃圾杂物清理一空，干净整齐，行走的人舒坦轻松，观光的眼睛和心情舒爽愉快。

其中一间石头厝门边说明是"华侨之家"。原是荷兰归侨蒋永裕所建。蒋归国后，因战乱与国外亲人失联，成一世牵挂。这座古宅现由政府牵头，居民和侨胞自发参与修缮和保护，赋予其更有意义的身份"澳头古厝闽侨文史馆"和"澳头闽侨失散亲人服务中心"。澳头村人口仅有一千，分布在海外各地的同宗乡亲却有五六千，是本土乡民的六倍。人数最多的在新加坡，约有四千，其他散居在美国、马来西亚、越南等，每年都有海外乡亲返乡省亲寻祖。这里的大姓是蒋和苏，各占一半人口。

终于来到 J 要带我参观的主要目的地，外大门是块大石切割的石头门，门廊上是较小的椭圆石头镌刻艺术字体"清桥空间"，一间刚建好的艺术中心。铁门反而是小型的，线条利落，推进去，无人的院子以红砖砌出图案作为行人道迎接客人，两边是鹅卵石和绿草并行，草地上东一块西一块搁着不规则的石头，树下摆着长椭圆形石桌，圆墩石椅子。一排排碧绿青竹裁剪得清爽秀雅，昂扬挺直，有些已高到二楼窗口。围墙不同品种的红花，正不甘寂寞地盛放。

入门处玻璃窗外，一条长形石和几个圆墩椅子，J 说，这和草地上树下那椭圆石桌一样，都是喝茶的地方。推门一看，长形天井中央由碎石子地铺就，中间长形玻璃上摆两盆蕙兰植物，一个上半身黄金色和黑灰色下半身的男人雕塑立在尾端，脸朝天仰望，地上玻璃的倒映是同一番景物，因为颠倒变得像另一副景色。设计家的手法和气势令人倾倒。会客室家具以天然木料和石材为主，摆设品皆是艺术家的创意作品，墙上挂着农民画。会议室原木长桌上一群猪仔围着母猪胸前在吸奶，三只牛不循直线排成一列朝窗口走去。仔细看，屋里的雕塑都是人和动物、花和树。

午餐是在澳头村的六和居吃。古厝改装的餐厅，古朴雅致，除了食物之美，更有人情之盛，澳头村是厦门行的意外收获。回厦门岛路上，天放晴了，J 在车上告诉我，艺术活动即将在澳头村开始。这真叫人充满期待，希望艺术活动来激活这个有青山有碧水有古厝的地方。

花影厦门

　　上坡的路两边都是花，灿烂绚丽，簇簇团团的红花衬着苍翠碧绿的小叶子，热闹喧嚣，蓬勃旺盛地在午后逐渐柔和的阳光下晃荡，映得一路红光艳艳，绿影葱葱。司机解释这条叫"怪坡"路的缘由：在对面车子的人看来，我们的车子仿佛在极力爬坡，其实是开在轻松的下坡路上。耀眼夺目、绚烂如霞的花影叫游人失神，竟没注意来车姿态是上坡或下坡，一心一意想着花的名字。

　　路旁有人题"梅海岭"，初见以为说的是冬日开花的寒梅，经司机点醒才知是三角梅。学习水墨画期间曾师从厦门画院院长白老师，三角梅是他喜欢的题材。白老师下笔先调好浓淡相间的红色，这里一丛那里一簇，看似随意涂抹，接着用墨或色勾勒花的三角形，再以浓橙深黄蘸白色点出花心，原先看着零乱的浓红淡黄霎时收拾得焦点集中，叶子和枝干多以淡彩或淡墨轻抹细涂，可能把笔落在花前，或索性隐在绚丽花儿背后，这前后有序、虚实浓淡完全是为了衬脱三角梅怒放的热闹非凡的气息以及不可方物之美艳。

　　厦门人称三角梅为九重葛，香港人叫簕杜鹃，住在马来的华人，延续上一代的称呼叫它杜鹃花，马来人则以薄如纸的花瓣为名，唤它纸花（Bunga Kertas）。枝干硬朗遒劲的三角梅，花如纸般轻且薄，散发出热情而温柔的气息。阳光照耀下，常年花开不谢，极其泼辣的姿态十分张扬，不理有人欣赏或无人观看，潇洒不羁的花，我行我素自开自落，花瓣飘洒下来洋洋大观铺满一地，织成鲜丽浓稠的红色地毯，这份刚柔并济，自在洒脱，深受厦门人喜爱，被选为市花。

厦门白老师画这花，在似与不似间，一时不明何谓三角梅，回家后企图模仿，下笔发现水墨淋漓的表达手法难度太高，水平低劣的学生不懂控制水分便不好摹临，搁置下来，一直到无意间在一本散文合集遇到汪曾祺。汪曾祺说在云南，人人叫它叶子花，因花和叶形状相似，不过颜色不同。他还告诉读者说在昆明这花很多，"夏天开花。但在我的印象中，它好像一年到头都开，老开着，没有见它枯萎凋谢过。大概它自己觉得不过是叶子，就随便开开吧"。看见饱亮赤艳的三角梅努力绽开的姿态，无人不为这随便开开的花的热情奔放和无处不生长的活力十足而赞叹不已。

据说18世纪中叶，一位专门收集奇花异草的植物学家在南美洲引种回国，三角梅因此又名南美紫茉莉。提供这资料的黄老师在文中书写植物学家首次见到三角梅的情况："……第一次看到三角梅以蔓生的枝条茂密地爬满了房子的墙上和屋顶，高高地炫耀着比南美洲的太阳更耀眼的紫红色花朵时，一定是重重地发出了一声惊叹的。"阅读的时候微笑起来，黄老师写的恐怕是自己和三角梅首次相遇的心情吧。

汪曾祺写三角梅，并提起初访福建时到鼓浪屿拜访舒婷。我们这回受邀到厦门采风的首个景点安排的正是鼓浪屿。当年在厦门大学求学，白天积极读书，奋力到头昏脑涨的下午，同居瑞典女孩珍妮把书一关，站起来就说，走吧。两个寂寞的同学结伴到南普陀寺车站，搭上开往轮渡码头的巴士，有时半路下中山公园到厦门画院去看中国画，多数时候直达码头，兴高采烈和人山人海的下班同志挤船，目瞪口呆看他们在轮渡的门已关上，还不停攀爬到船上来，歉疚的心考虑更换上岛时间，把位子让给工作了一天心急回家的岛民。隔天临近黄昏，两颗心又蠢蠢欲动，相约鼓浪屿。夕阳晚霞海浪涛声，没有车油烟味人人步行的岛，缤纷鲜艳的花朵和古老苍劲的大树，殖民地风格的老建筑，日日召唤两个埋头读书的女生，最终抑制不住诱惑，又再搭上巴士，到岛上漫步闲游，等待红艳夕阳悠缓落下，吃过晚餐再乘搭轮渡过海回大学宿舍蔡清洁楼。

那时不懂欣赏小小的三角梅，岛上那些高耸入云、可容数人环抱的、年老岁高、胡子长到地上的老榕树更叫忍受孤单而心情浮躁的人感觉实在些。今日岛上气候凉快，阳光明媚，一行人决定徐步慢行，经过铁花围墙上画着音乐符号的公园里，几株热切渴盼游人目光的三角梅正盎然忘我地火般燃烧起来。

长在鼓浪屿的三角梅还在舒婷笔下到处大蓬大蓬绽开，"是喧闹的飞瀑/披挂寂寞的石壁/最有限的营养/却献出了最丰富的自己/是华贵的亭伞/为野荒遮蔽风雨/越是生冷的地方/越显得放浪、美丽/不拘墙头、路旁/无论草坡、石隙/只要阳光常年有/春夏秋冬/都是你的花期/呵，抬头是你/低头是你/闭上眼睛还是你/即使身在异乡他水/只要想起/日光岩下的三角梅/眼光便柔和如梦/心，不知是悲是喜"。日日鲜亮热烈地怒放着姹紫嫣红的花，叫诗人在异地他乡想起时，心便柔软了。

从菽庄花园出来时，作家团中有人问，怎么不联系舒婷呢？有人回答"这段时间她好像不在"。幸好，不然钱钟书说过的，去看生蛋母鸡的故事，就会可笑地重复。吃个好吃（或难吃）的蛋，不一定要去看生蛋的母鸡吧？旅游路上，看花看树看风景，就已经是一程丰盈的享受。

花园之岛鲜花繁茂的美生出一股叫人无法抗衡的魅力，游人双手不停地拍照，照片里，三角梅并非主角却处处可见。花儿那么小，那么薄，出现时枝连叶，叶连花，花连枝，有时铺天盖地，有时此起彼伏，有时壮阔浩荡，总是密密麻麻，遍地欲燃，叫人看见春天的勃勃生机。

去年春日台湾行，回来画了许多花，写了许多花，自己看着心生欢喜。这些年来，绘画和文章里花开不断，积累不少，自我劝告，也许应该适可而止。今春到厦门采风，出门前决定回来不要再画花、写花，可是，一路上花影簇簇，为每日活动做记录的簿子不小心丢了，回来至今，在脑海里影影绰绰的全是春日盛开的三角梅。

就写一写厦门的三角梅吧。

朵拉散文中的人性闪光（读后感）

——品好茶·赏名花·游古城

孟建煌

　　提起朵拉，脑海里便会浮起她那爽朗的笑声，一个拥有南洋岛国的热情，又具有中国传统女性温婉性格的女子。朵拉的创作可谓丰硕，但阅读其散文与阅读其微小说，感受可是大不相同的。朵拉的小说多描写两性关系，通过两性关系去发掘人性的弱点、人性的缺点，其微小说多因欧亨利式的结局引人深思，令人生发无限感慨。而其散文往往读来令人像是置于一个个美丽的地方，一座座美丽的大小城市，不由得放松身心进入一种轻松的阅读状态，并且在这样的阅读中潜移默化地接受了许多知识。

　　俗话说，开门七件事：柴米油盐酱醋茶。茶在中国人民生活中的地位可想而知，而对于闽南地区来说，不可一日无茶。若无茶，生活便没有了味道。

　　朵拉也是一个每天有茶相伴的人。茶与文学的美妙之处在于可以一个人静静品味，也可以三五个人围坐一起分享。行走中的朵拉在旅行的过程中时常与茶相遇，更在于发现新茶的滋味，感受一个地方的韵味，而在家，不喜热闹的朵拉更喜欢也更加习惯独饮，与书画相伴。这与现代生活节奏实在是大相径庭。读其散文《一个人的茶》，仿佛从福建飞跃到槟城作家的家中，与之静静对坐，周围一片闲适，听她娓娓道来陆羽与皎然以及颜真卿三位茶痴的趣事。听她轻轻吟诵"一生为墨客，几世做茶仙"，沉醉在馥郁的茶香中，流连于诗词曲赋的韵律之美中。回过神来，才发现原来这是进入了朵拉阅读后的深思与轻松之状态。朵拉从茶中生出闲适之感，从茶水中获得悠闲的心情，而那心情仿佛是透过文字的张力，传递到阅读者的感觉中，使正在阅读散文的我也不禁起身去泡一杯茶，望着远方，轻轻地问一句：你也在喝茶吗？

然而，茶与朵拉的相伴又绝非仅仅如此。朵拉的散文主要书写她走过的城市，马来西亚本地有槟城、马六甲；中国有北京、南京、上海、厦门、台北、香港、澳门、武汉、敦煌、潮州、临沂、呼和浩特；泰国有曼谷；欧洲有伦敦、巴黎、威尼斯、布拉格、巴塞罗那等。在朵拉的行走中，透过她的文字，我们可以发现朵拉是善于发现每一座城市的独特美景，而且在朵拉的行走中，往往都有茶相伴。阅读其作品，实乃一种享受。读者有幸，能跟着作家的步伐，到不同的城市去品不同的佳茗，感受不同城市的风土人情，在无声无息之中接受与之相关的历史知识，听之述说该城的典故。

漳州这一座小城，向来不为人所知，尤其是不为北方人所知，尽管不少人喜欢水仙，但也未必知道水仙的故乡在漳州。提到经济，漳州经济的发展远不及厦门和泉州的，但提起对生活的用心，漳州却是不输厦门与泉州。年初到漳州老街逛了一次，那古朴的老街至今还在脑海中若隐若现。读到《到漳州老街去喝茶》，才深有体会：对于容易赚钱的旅游业，漳州似乎不如其他城市积极，漳州人在乎的是用心生活，过自己喜欢的慢悠悠闲适日子的这种个性。而喝茶也是漳州人日常生活中不可缺少的一部分。在朵拉的笔下，似乎漳州更适合喝茶的气氛与环境。喝茶本来就是喝心情，就像漳州整个老街的周围，浮游着一种恬静、舒缓、闲适、慵懒的喝茶气氛，再加上浓厚的乡土气息，既不耀眼，也不闪亮，有一种沧桑斑驳、历史雕琢的美……散文的结尾朵拉说："但我真的想再回到漳州，去老街喝茶。"读罢，读者便默默地想："我想再去漳州老街逛一逛，下次相约可好？"

在这本散文集中，作家与茶的相遇总是牵引着正在阅读该文章的我，每每陶醉于作家笔下的美景，沉醉于那馥郁芳香的茶香之中时，都往往有一种错觉：读者并非在阅读其作品，而是像个精灵般，跟着作家的脚步在看作家所看，在感受着作家所感。细细一看，几乎篇篇文章都有诗词的嵌入，让文学的气息更加融入到作家对走过的大小城市的景物之中，让每一个被书写的景点弥漫着浓浓的文学韵味。

朵拉将人的一生比作花的修行，曾经出版过《一朵花的修行》，花在朵拉的绘画里文学里都占有不少的篇幅。

在这本散文中，作家的脚步更集中于福建，所写到的花也是读者较为熟悉的。《同安花事》，在朵拉的笔墨里，仿佛一幅雨中木棉的水墨画慢慢地铺展开来。那是一幅怎样的画面呢？若有似无的雨，沿途的木棉花反而增添了清秀，绚艳的红木棉，喜欢相约开满一树，璀璨夺目太过，不敢逼视，然而四射的艳光又叫人无法不去看它，丝丝细雨中的红木棉不再刺目耀眼，仿佛少涂胭脂的美女，多了清雅秀气的姿态。木棉花的红艳在蒙蒙细雨中便显得美而不艳，这样一幅幅如画般的叙写让读者的阅读毫无压力，只有不断升起的冲动：某个下雨天去看木棉花开。

　　如果说《同安花事》的主角是作家笔下的木棉花，那么作为厦门市花的三角梅在这里便是不容忽略，但又不喧宾夺主，静静地、无声地在"梅山仙境"的石壁旁热闹喧嚣地盛开。三角梅是厦门的市花，花期较长，一般南方的三角梅从当年的十月份到翌年的六月初。若在花期时到厦门随处走走，便会发现盛开的三角梅随处可见，鲜艳地，一簇簇地张开着每一个小小的花瓣，那显眼却又不张扬的美令无数女生不禁走过去合影。这就是为什么每年五月，走过我们学校的体育馆都会发现一群群应届毕业生在三角梅下留影，人俏花也更美。喜欢花且擅长于画花的作家当然也不会错过厦门的三角梅。《花影厦门》就是献给厦门三角梅的一篇散文。上坡的路两边都是花，灿烂绚丽，簇簇团团的红花衬着苍翠碧绿的小叶子，热闹喧嚣，蓬勃旺盛地在午后逐渐柔和的阳光下晃荡，映得一路红光艳艳，绿影葱葱。这耀眼夺目、灿烂如霞的花影叫游人失神，竟没注意来车姿态是上坡或下坡，一心一意想着花的名字。作家爱花，对花的痴迷便这般不着痕迹地显现无疑。而读者更是沉醉在那绚丽的花影之中，恨不得能够一饱眼福。作家是个对知识有着强烈学习欲望的女性，她的好学与博识在散文中处处可现。这便让阅读其散文的读者不知不觉中得到了知识的营养，丰富了脑海的认识。一花多名，应该是一种常见的现象，但我们往往都只了解自己所知道的其一名称。就拿三角梅来说，厦门称三角梅为九重葛，香港人叫簕杜鹃，住在马来的华人延续上一代的称呼叫它杜鹃花。马来人则以薄如纸的花瓣为名，唤它纸花。而三角梅据说是18世纪中叶，一位专门收集奇花异草的植物学家在南美洲引种回国，三角梅因此又名南美紫茉莉。时常遇见三角梅，却不曾知悉它有这么多美丽的名字，更不知道它的由来。读罢朵拉的散文，真是一阵享受之后又有满满的收获。然而，朵拉的散文书写又不限于告诉你一些关于花的知识，更多的是关于花的文学信息。厦门鼓浪屿的三角梅开得绚烂，在舒婷的笔下更是到处大蓬大蓬绽开。"抬头是你/低头是你/闭上眼睛还是你/即使身在异乡他水/只要想起日光岩下的三角梅/眼光便柔和如梦/心，不知是悲是喜。"在这处处可见的盛开的三角梅的花园里，吟诵着舒婷的诗歌，那画面真是美轮美奂，难怪作家回国后，脑海里影影绰绰全是春日盛开的三角梅。读者读罢，此景此诗，更是难以忘怀。

提到花，便不能不提到凌波仙子——水仙花。《水仙花开》《百花村里寻水仙》述说的都是作家与水仙花的故事。初识水仙是在加拿大，温哥华的水仙花骨朵大，不如漳州的小巧玲珑；香气比花朦胧，若隐若现，亦不如漳州的清香有韵。人与人的相遇需要缘分，人与花的相遇也是需要缘分的。初次到漳州，已听说漳州三宝：八宝印泥、片仔癀和水仙。多次到漳州却始终无缘相见一面。迟了二十年的相见，在百花村的这一场相遇，给了作家春天的美好与温馨。这仿佛是一个浪漫的爱情故事般，读来令人感动、歆羡。水仙花是什么样的呢？且听作家细细描绘：白色花瓣黄色花蕊，花形极美却不够夺目抢眼，别有一番叫人陶醉的优雅清香。它盛开于百花凋零的寒冬时节，亭亭玉立，叶茂花繁，难怪现代诗人艾青称赞为：不与百花争艳，独领淡泊风骚。虽然读者也甚爱水仙，却从不知道有这么多的名人对水仙的赞赏：翠帔缃冠白玉珂，清姿终不污泥沙。骚人空自吟芳芷，未识凌波第一花。更不知清代著名戏剧理论家李渔视花如命的故事。坚持"宁减一年之寿，不减一年之花"的李渔为了买水仙花竟把妻子的簪环拿去典当，换了水仙花回家过年。古代有李渔典簪买花，当代有朵拉攀爬过篱笆，只为一睹芳容。从前从没爬树攀墙过的作家，如今已是中年，为了一睹水仙芳容竟爬树攀墙，这举动实在令人佩服。也令人感动那爱花之情。这样的阅读，总是会换来读者的会心一笑，仿佛看到一个童真的孩子追寻着花的美丽而去一般。却又在不知不觉中，懂得了许多描写水仙的诗句。满满的收获。

　　作家与水仙的故事，并没有随着回家而结束。从前从不画水仙的作家，在漳州亲睹水仙玉洁冰清的神韵之后，完全是一见钟情，再见倾心，回到南洋家里，日夜不停地描绘着展翠吐芳、春意盎然的水仙。

　　读完这本散文，读者隐约有种错觉，这是一本福建的旅游指南吧？你看，朵拉笔下有南平的武夷山、邵武，漳州的平和、角美、龙海，有厦门的同安、鼓浪屿，有福州的鼓岭……但转念一想，又微笑着自我否定，这游记不仅仅是对景物的叙写，物的相关信息，更有作家的许多回忆掺杂其中，还有丰富的文学知识，作家丰富的情感更是打动了读者的心。

　　在这本散文中，作家的脚步不仅仅在福建的武夷山、漳州、泉州等地留下了她的故事，也在中国的其他城市留下了一串串美丽的记忆。比如到大名古城，参观了大名博物馆、邓丽君纪念馆，偶遇解放军的训练，跟着朵拉走，才得知大名古城实乃大名鼎鼎。邺城在哪儿？或许读者并不熟悉，但跟着作家走，去感受那悠久的历史与深厚的文化。邺城博物馆大门外的广场上，以半人面瓦当饰件，按1∶50

等比放大在照壁墙上，略为诡异的造型独特的半人面旁边镌刻对联：史月千秋文成一脉，馆藏万象霞接三台。作家脚步所及，不仅仅是中国的邺城、大名府、松花江、还有世界各地，如巴塞罗那、棉兰等地。不管朵拉写的是哪座城市，她都够发现这座城市独特的美，但将她的游记散文与一般游记对比，便会发现一点，那就是刘俊所说的：朵拉书写的重点不是对这些城市美的外在呈现，而是对这些城市内在美的挖掘，而这种挖掘就是城市的内在精魂的体现——人。透过外在事物描写这座城市的人的精神状态，对生活的追求等。我想，这也是读者很喜欢阅读其作品的原因：在一种轻松的状态之中阅读，吸收了许多的历史、人文知识，更加重要的是感受到每一座城市中的人的精神状态，以及暖暖的真心、古朴等人性的闪光点。

【孟建煌（1963.11— ），男，祖籍江苏南京，教授、博士、研究生导师，莆田市文化名家，主要从事中国现当代文学、大学语文的教学和研究。目前正在进行台港澳暨海外华文文学、两岸政治经济文化交流的研究，先后在《中国现代文学研究丛刊》《光明日报》《文艺争鸣》《北京日报》《东北师大学报》《电子科技大学学报》等刊物发表论文六十余篇。论文被《中国人民大学书报资料中心复印报刊资料》全文收录。已出版专著《多元语境中的中国四十年代小说格局谈片》《妈祖文化传播导论》等，参与编撰《鲁迅杂文导读》《中国当代文学作品选评》《中外文化新视野续编》等著作十余种。曾获全国报纸理论宣传优秀文章著作奖；教育部全国高校优秀科技期刊评比，荣获优秀编辑出版质量奖福建省教育科学研究优秀论文奖；多次获市社会科学优秀成果奖。】